グッバイ
マイヒーロー

山田宗樹

ハルキ文庫

角川春樹事務所

目次

第一章　ヒーロー仮面

1

顔がよくてスポーツ万能で勉強もできる人間が、性格もいい、とは限らない。ぼくは、齢《よわい》九つにして、その現実を知ることになった。

　仮にKとしておく。

「おい、パンツ脱がし、やっちゃおうか」

　背中にその声を聞いたのは、気持ちのいい秋晴れの、土曜日の午後だった。場所は近所の空き地の近く。空き地といっても、半年くらい前までは古い家が建っていた。それが解体されてからは、雑草だらけの空き地に変わったのだが、周りを囲む高いコンクリート塀はそのまま。ということは、中に入ってしまえば、外からの目はほとんど届かない。

　なぜぼくがそんな場所にいたのかというと、春から通いはじめた学習塾がその先にあったから。つまり塾へ行く途中だったのだ。

この日はいつもより早く家を出たのだが、とくにそうしなければならない理由があったわけじゃない。ただなんとなく、そうなったのだ。その〈ただなんとなく〉の結果が、こんな重大なことになるとは、ぼくは夢にも思わない。人生とはそういうものだ、と悟るのは、ずっと後のことである。

「おい、上原《うえはら》」

おそるおそる振り向くと、Kが同級生二人と駆け寄ってきて、たちまちぼくを取り囲んだ。三年生の中でも背の低いぼくにとって、体格のいい四年生たちは、まるで高い壁だ。

「なにやってんだよ」

「じゅ……塾へ」

ぼくは、学習道具を入れた手提げバッグを、両手で胸に抱えた。

「へえ。おまえも塾に行ってるんだ。どこの？」

「……公民館」

「公民館？　そんなとこで塾なんかやってたっけ」

ぼくはそれ以上なにもいえなくなった。頭の中をぐるぐる回っていたのは、さっき聞こえた不吉な言葉。

パンツ脱がし。

学校で秘《ひそ》かに流行《はや》っていた、気の弱そうなやつをねらっては、そいつのパンツをみんなで脱がす、という恐ろしい遊び。

「ふうん。塾ねえ。上原は勉強家だよねえ。でも勉強ばかりじゃモヤシになっちゃうよなあ。勉強する前にしっかり遊ばなきゃ。なあ？」

Kたちが目配せし合い、にやり、とする。

まさか、と心臓が爆発しそうになった。まわりを見たが、ぼくたちのほかにはだれもいない。友だちも、先生も、上級生も、下級生も、近所の人たちも、いない。

「せーのっ」

ぼくは逃げる間もなく両手両足をつかまれ、原始人に捕まったイノシシみたいな恰好《かっこう》で空き地に連れ込まれた。うそだ、うそだ、うそだ。心で叫んだが、のどが固まって声にならない。

ぼくとKは同じ通学区に住んでいる。この区内の小学生は、全学年あわせても二十人くらいしかいないから、みんな顔見知りだ。ぼくはそれまで、Kのことは嫌いじゃなかった。むしろ、あこがれていた。背が高くて、かっこよくて、野球がうまくて、成績も抜群。ぼくは、月曜日の朝礼のときに校長先生から表彰されるKを、二度も見ていた。一度目は、県の読書感想文コンクールで金賞をとったとき。二度目は、学校を代表する健康優良児に選ばれたとき。その優等生ぶりは親たちの間でも評判で、ぼくもことあるごとに『哲《てつ》くんもKくんみたいにオールAをとれるといいんだけどね』とプレッシャーをかけられていた。そもそも、ぼくが学習塾に通わされているのも、Kのせいなのだ。

だれもが認める優等生のK。そのKが悪魔みたいに笑いながら、雑草の生えた地面に押しつけられたぼくのズボンを下ろそうとする。ぼくはやだやだと抵抗した。Kたちはそんなぼくを見て面白がるだけだった。

「きゃはははっ、こいつ、柄付きのパンツはいてるぞ！」

ぼくはついに泣きだした。悔しくて泣いた。あこがれのKに裏切られたことが。恥ずかしくて泣いた。〈トムとジェリー〉の柄付きパンツを見られたことが。悲しくて泣いた。Kたち三人を相手に、自分がなにも抵抗できなくて、そして、その無力なぼくを助けてくれる人が、この広い世界のどこにも——。

「待てぃっ！」

Kたちの手が止まった。

きょろきょろと声の主を探す。

コンクリート塀の陰。

そこから、ぬっと姿を現したのは……。

ウルトラマン、だった。

胸を張って仁王立ちになり、ふっふっふ、と笑う。ハヤタ隊員と初めて対面したときのように。

夢を見ているのか、と思った。

ウルトラマンがぼくを助けに来てくれた。

こんなことってあるんだ、こんなことって……。

でもなんか変だ。

顔が安っぽい。

安っぽいはずだ。

それは、縁日の屋台で売ってそうな、うすっぺらなウルトラマンのお面だった。黄色く透きとおった目の部分も、テレビで見るような卵型ではなく、いかにもニセ物っぽく角張っている。

しかし、一瞬でも本物かと思ってしまったのは、その人の着ているものが、真っ白い背広にズボン、シャツと胸ポケットからのぞくハンカチは赤、そしてスルメイカみたいな幅広のネクタイはカラータイマーの青と、ウルトラカラー勢ぞろいだったからだ。

本物のウルトラマンではなくとも、大人であることには違いない。

Kがあわてて立ち上がった。ぼくを押さえつけていた二人も離れた。ぼくは、しゃくりあげながら身体《からだ》を起こしたが、立ち上がることはできなかった。ズボンが足首まで下げられている。

「な、なんですか、おじさんは。名を……名を名乗ってください」

いかにも猪口才《ちょこざい》なKらしい言いぐさだったが、ウルトラマンのお面をかぶった人は、ふふん、と鼻で笑い、

「我こそは、正義のヒーロー」

ここで両手を振り回し、なぜか仮面ライダーの変身ポーズを決め、

「ヒーロー仮面だぁっ!」

「…………」

風に吹かれた雑草が、さわさわと音を立てる。

自称ヒーロー仮面が、腕が疲れたのか、なにごともなかったかのように変身ポーズを解き、えへん、と咳払《せきばら》いをした。

「なんだよ、ヒーロー仮面って。いないよ、そんなの。バッカじゃねえの、こいつ」

Kのつぶやきが耳に入ったのだろう。肩を怒らせ、大股《おおまた》で空き地に踏み込んできた。間近まで迫り、そこだけはウルトラマンみたいに両手を腰に当て、ぐっと見下ろしてくる。

四年生たちが、びくっと後じさった。

「おう、坊主ら」

さっきまでとは違う、低くて太い声。少なくともウルトラマンは、こんな声は出さない。ハヤタ隊員と話したときだって、もっと甲高い声だった。

「ちっこいキンタマつけてんだろ。キンタマつけてる男が、よってたかって弱い者いじめをするたあ、どういうこった。あぁ？」

少なくともウルトラマンは〈キンタマ〉なんて言葉は口にしない。たぶん。

「違いますよ。僕たちは遊んでるだけです。いっしょに仲よく」

Kが口を尖《とが》らせて胸を張る。

でも顔ははっきりと青ざめていた。

「こいつのいってること、ほんとか。遊んでるだけなのか。いっしょに仲よく」

Kが横目でにらんできたが、ぼくは口をぎゅっと閉じ、首を横に振った。

「いじめられてるんだな」

うなずく。はっきりと。

「だから、違いますって。僕らはただ――」

ヒーロー仮面は最後までいわせず、Kの胸ぐらをつかんで締め上げた。つま先立ちになったKから、ひっ、と悲鳴が漏れる。

「弱い者いじめをするような卑怯者《ひきょうもの》は、正義のヒーロー、ヒーロー仮面が許さんのだ」

「でもそれ、ヒーロー仮面じゃなくて、ウルトラ――」

Kのつま先が地面から浮いた。

「おれが気持ちよくヒーロー仮面っつってんだからヒーロー仮面でいいだろうが。そこはそっとしといてくれってんだよ。ヒーロー仮面でおまえに不都合でもあんのか。あぁ？」

「ご……ごめんなさい。もうしません」

Kが、あのKが、目に涙を浮かべている。

その瞬間、ヒーロー仮面は、ぼくにとって完璧《かんぺき》なヒーローだった。

「わかりゃあいいんだ。最初からそうやって素直に――」

しかし手が離れたとたん、Kが地を蹴《け》った。残りの二人もそれに続く。敷地を出たところで振り返り、

「バァカッ！　いい年こいてお面なんかかぶってんじゃねえよっ！」

「このっ……」

走り去るKたちを追って空き地を飛び出すヒーロー仮面。が、追いつけないとわかるや、上段に振りかぶった人差し指を逃げた方角へ突きつけ、

「てめえら、社会の落伍者《らくごしゃ》になるがいいぜっ！」

そのまましばらくポーズを決めていたが、大きくため息を吐《つ》いたあと、だらりと腕を下ろした。

「ったくよう、最近のガキは口ばっかり達者になりやがって、どうなってんだ日本の教育は」

地面に落ちていたぼくの手提げバッグを拾い上げ、弾むような足どりでもどってきて、

ほら、と返してくれる。

「ケガ、なかったか。哲坊」

「え……？」

ぼくは目をぱちくりさせた。

「なんだ、わかんねえのか。そりゃ冷てえなぁ」

笑いながらお面を外す。下から現れたのは、すっきりとした色白の顔に、女の人みたいにきれいな目。まっすぐで細い鼻。余裕のただよう口元。そして、そんなハンサムな顔にはらりとかかる、艶《つや》の深い髪。まるで映画スターのようなその人は……。

「……叔父さん」

指を二本そろえて敬礼のまね。その二本指を、ぴん、と弾《はじ》くように振り、

「いようっ！」

気取った顔で左目をつぶる。

それが叔父・上原清治郎《せいじろう》との、約二年ぶりの再会だった。

2

「清治郎だと……」

父が、箸《はし》を持つ手を止めて、ぼくを睨《にら》んだ。小柄で痩《や》せて青っ白く、ふだんから神経質なところのある父だが、怒るとガメラみたいな顔になる。

「ほんとうに清治郎と会ったのか」

ぼくは、茶碗《ちゃわん》をもったまま、うなずいた。すぐに目を伏せ、ハンバーグを箸で切って口に運ぶ。お湯で温めるだけのこのハンバーグは、柔らかくておいしくてぼくの大好物だが、このときだけは味がしなかった。心臓の音が聞こえるんじゃないかと、そんなことばかりが気になる。

「おまえも見たのか」

エプロン姿のまま食卓に着いている母が、滅相もないとでもいいたげに、首をぶんぶんと横に振った。

ぼくが住んでいたのは、田んぼや畑があちこちに残り、大きな道路のアスファルト舗装がやっと始まったばかりの小さな町だ。その中でも、無人にしろ鉄道の駅があったり、学校に近かったり、団地が建てられたりして人の多いところは〈都会〉、逆に、電車も通らず、学校からも遠く、古い家ばかりが建っているような場所は〈田舎〉ということになっていた。

ぼくと両親の住む平屋の家があったのは、源右衛門新田《げんえもんしんでん》というところだ。かつて源右衛門さんが開拓した田んぼがあったに違いないこの地区は、その名前のあまりの長ったらしさからフルネームで呼ばれることは滅多になく、たいていは素っ気なく〈新田〉と略称されていた。都会か田舎かといわれれば、もちろん田舎だ。

「清治郎とは、どんな話をした」

ぼくは目をそらし、口をもぐもぐと動かしながら、

「……べつに」

「そんな言いぐさがあるかっ！」

ハンバーグがのどに詰まりそうになる。

「哲くん、ちゃんとお父さんに話しなさい」

母も不機嫌を隠そうとしない。

「ほんとに、なにも話さなかったよ。ウルトラマンのお面をくれたら、すぐに行っちゃったし」

「そんなわけが――」

父が言葉を止めた。怒りを抑え込んだというより、ほかのことが頭を過《よ》ぎった感じだ。母をちらと見やって、念を押すように、

「ほんとうに、家には来てないんだろうな」

「あたしが嘘《うそ》ついてるっていうんですかっ」

尖った声で目を剝《む》く。父に逆らうことは滅多にない母だが、突発的に感情を爆発させる

ことが、たまにある。そうなると、いくらガメラでも敵《かな》わない。

「そうじゃないが……」

母が、ふん、と鼻息を吐き、たくあんに箸を伸ばしてごはんの上にのせ、急須《きゅうす》のお茶を注《つ》いでお茶漬けにする。

我が家では食事中はテレビを見ないルールになっている。父がそう決めたのだ。だから、だれもしゃべらないと、食卓がしんと静まり返る。こういうとき、母はわりあい平気でお茶漬けをすするのだが、父は苦手らしく、強引に話題を探して持ち出してくる。

「そういえば哲彦《てつひこ》、このまえの学力テストの点数、ありゃなんだ」

とばっちりを喰《く》うのは、ぼくだ。

「ドリルに真剣に取り組まないから、あんな簡単なミスをするんだ。現実社会に出たら、少しの油断が取り返しのつかないことになるんだぞ」

ここで口答えしようものなら父をさらに怒らせるだけ。ぼくは小さくなって、

「ごめんなさい」

と謝るしかない。

「もう塾の復習の時間でしょ。早く食べてしまいなさい」

母にも急《せ》かされたぼくは、あわててハンバーグを口に詰め込み、ごちそうさまでした、と手だけ合わせて茶の間を出た。

廊下とも呼べない短い板間を渡ったところが子供部屋。つまり、ぼくの部屋だ。三年生に進級するのにあわせて、勉強に集中できるようにと家の東側にわざわざ増築したもので、この部屋ができてからぼくは夜一人で寝るようになった。最初はちょっと怖かったが、慣れてしまえばどうってことはない。

部屋に入ってドアを閉めると同時に緊張がとけ、大きく息を吐いた。心臓はまだどきどきしている。

両親に嘘を吐いたことが、それまでなかったわけじゃない。でも、本格的な秘密をつくるのは、このときが初めてだった。

そして思った。

秘密って、なんか、わくわくする。

興奮は収まっていなかったが、とりあえず机に向かい、ノートをひらいた。土曜日の夕食のあとは、塾で習ったことのおさらいをすることになっている。

塾といっても、Kが通っているような本格的な学習塾じゃない。大学を出たあと実家の酒屋を継いだ近所のお兄さんが、副業として公民館を借りて開いているもので、生徒はぼくを入れても五人だけ。それも学年がぜんぶ違う。だから、まとめて授業をするのではなく、一人一人が自習しながら、わからないところをお兄さんに聞くという形になっていた。それぞれに合った勉強の進め方ができて、月謝も安かったので、評判は悪くなかった。でもやっぱり生徒数が少なくて、副業にしても割に合わなかったらしく、この後二年ほどで閉鎖されることになる。

ところで肝心のぼくの成績だが、Kほどではないにしろ、まあまあいいほうだったと思う。父が教育熱心だったせいだろう。増築されたぼくの部屋の壁には、学習計画表が張ってあった。父がわざわざ模造紙を買ってきて作ったもので、何曜日の何時から何時までは塾、何時から何時までは食事、そして勉強と、一週間分の予定がマジックペンでびっしりと書き込まれていた。このとおりに毎日を過ごすことが、自分の部屋を手に入れたぼくに課せられていたのだ。まだ九歳でしかなかったぼくに、だ。

いまでもぼくは、不思議で仕方がない。

父と叔父は、二人きりの兄弟のはずなのに、どうしてこんなに違うのだろう。たしかに年齢は一回りも離れている。間に何人か兄弟がいたらしいが、みんな幼くして亡くなったと聞いたことがある。それにしても、だ。

サラリーマンの父は、なにごとにも几帳面《きちょうめん》で、まじめで、将来のための努力を怠らない。一方、定職に就かなかった叔父は、なにごとにもいい加減で、不まじめで、自分がしたいと思うことしかしない。〈アリとキリギリス〉という童話があるが、まさにあの組み合わせだ。

もっとも、子供にしてみれば、キリギリスと遊ぶほうがおもしろいに決まってる。なんたって叔父は、遊園地には連れていってくれるし、両親には買ってもらえないような高価なおもちゃは買ってくれるし、その上、喫茶店でパフェまで食べさせてくれる。幼稚園に通っていたころのぼくは、たまに叔父と会うと大はしゃぎしたものだ。

叔父が最後にうちに来たのは、ぼくが小学校にあがった年の秋。叔父は、ぼくへの手土産として、一個十円のガムを一ケース丸ごと買ってきてくれた。後の世にいう大人買いというやつだ。当時、そんなことをする人は、大人にもいなかった。ぼくは幼心に、なんてスケールの大きな人だ、と尊敬を新たにした。その日も叔父にさんざん相手をしてもらったぼくは、遊び疲れて早々に布団にもぐり込んだが、叔父は夜遅くまでうちにいたらしい。翌朝、茶の間では、コップや皿がまだ片づけてなくて、ビールの変な匂《にお》いが残っていた。

そして、その朝を境にして、両親が叔父の話題を避けるようになり、叔父もぼくの家に寄りつかなくなる。ぼくが異変をはっきりと意識したのは、年が明けてお正月になってからだ。それまで叔父は、元日か二日あたりには遊びに来て、昼間から父とお酒を飲んで酔っ払い、ぼくにも気前よくお年玉をくれたのに、その年は電話一つなかったのだ。もちろん、お年玉も。

3

コンクリート塀の陰から空き地をのぞくと、白いズボンのポケットに両手を突っ込んだ叔父が、タバコを口にくわえたまま、雲の浮かぶ空を眺めていた。睫毛《まつげ》の長い目は、なにかを見ているようでもあり、なにも見ていないようでもあり、なにかを考えているようでもあり、なにも考えていないようでもあった。

「叔父さん」

声をかけると、お、という顔をして、タバコを地面に投げ捨て、靴で踏みにじった。気取った笑みを浮かべ、

「いよう!」

と例のポーズを決める。

ぼくも真似《まね》して二本指の敬礼を返しながら駆け寄った。

叔父が白い背広のポケットから、

「ほら、約束のブツだ」

と取り出したのは森永エンゼルパイ。ぼくは歓声をあげて飛びついた。お菓子の中では抜群に美味《おい》しいエンゼルパイだが、値段が高くて滅多に買ってもらえない。当時のぼくに

とっては黄金に等しかった。

「いま食べていい？」

「遠慮せずに食え」

うす茶色の袋をやぶり、かぶりつく。チョコレートの深み、ビスケットの香ばしさ、マシュマロのやわらかさが口の中で混ざり合った瞬間は、至福としかいいようがない。

叔父が腰を落とし、そんなぼくの顔をのぞき込む。

「で、どうだった。お父さんたち、叔父さんのこと、なんていってた」

ぼくはエンゼルパイをほおばりながら、

「ええっとね……」

「怒ってたか」

不安そうに眉《まゆ》を寄せる。

ぼくは、急に叔父がかわいそうになった。エンゼルパイをもらったことへの負い目もある。

「そんなことないよっ」

思わず答えていた。

「ほんとか」

「うん。お父さん、すごく心配してたよ、叔父さんのこと。うちに顔出してくればいいのにって、お母さんもいってた」

勢いでよけいなことをいってしまった。さすがにぼくも気づいたが、いまさら取り消すことはできない。

「そうか……」

叔父がほっと息を吐き、うれしそうな顔をする。

ぼくは、居心地が悪くなって、残りのエンゼルパイを口に押し込んだ。ろくに味わうこともなく、ごくりと呑《の》み下す。あやうく噎《む》せるところだった。なんとか切り抜けて我に返ったときには、うす茶色の袋は空。さっきまでまるまる一個あったエンゼルパイが、いまはもう、影もない。袋の底に残っているのは、かすかな後ろめたさ。

「……兄貴たち、そんなこと、いってくれたのか」

叔父が腰を上げて、遠い雲に目をやった。その顔には、叔父らしからぬ静けさがある。ぼくは、ますます落ち着かなくなった。

「ほら」

叔父が手を出している。

「よこしな」

エンゼルパイの空き袋のことだと気づき、手渡す。叔父がそれを背広のポケットに無造作に突っ込んで、

「うまかったか」

「うんっ！」

ぼくは、自分の中の罪悪感を振り払うように、大げさにうなずいた。

「天気もいいし、遊園地にでも行くか」

「ほんとっ？」

「ああ、どこでも連れてってやるぜ」

底抜けに機嫌がいい。

「あ、でも……」

「どうした」

「ぼく、いまから塾に行かなきゃ」

手提げバッグを掲げてみせる。

「きょうもか」

「土曜日は毎週あるんだよ」

「まだ三年生だろ。そんなに勉強して、将来なんになる気だ」

「お医者さん」

「医者？　そりゃすげえな。哲坊は医者になりたいんだ」

「お父さんがいうんだよ。医者になれって」

「なんで」

「もうかるから」

叔父がのけぞって一笑いした。

「兄貴のいいそうなことだ。哲坊もたいへんだな」

「たいへんだよ」

また笑って、ぼくの頭をなでる。

「叔父さんは、どんな仕事してるの」

「おれか。おれはだな……」

ズボンのポケットに両手を突っ込み、

「ああ、あれさ」

顎《あご》で上を示す。

はるか上空。

翼を広げたとんびが、ゆったりと漂っている。

「あの鳥みたいに、広い空を自由に飛んでるのさ」

ピーヒョロロと、とんびが鳴いた。

「……ねえ、叔父さん」

「うん」

「どうして、うちに来ないの。こんなところで、ぼくと会うくらいなら」

「まあ、こっちにも、いろいろと事情があってな」

叔父の目が、とんびからぼくに移る。

「おれと会ってることは、兄貴たちにはまだ内緒だぞ。見かけたのは先週一度きりってことにしといてくれ」

「どうして」

「タイミングってもんがあるんだよ、なにごとにもさ」

秘密はたしかに楽しい。でも、時間が経《た》つにつれて、不安もふくらんでくる。秘密を守るのは、意外に難しいのだ。

「また、会えるよね」

「……ああ」

叔父にしては歯切れが悪い。

「またここでもいいよ。この空き地で。来週もここで会おうよ。ぼく、もっと早く来るからさ。もっとたくさん話をしてよ。ぼくもお父さんたちの様子を知らせてあげる」

ぼくは、自分でも変だと感じるくらい、必死になっていた。

それでも叔父は口をとじたまま。

「エンゼルパイは、もう、いらないからさ」

思い切って最後のカードを切ると、

「わかったよ」

やっと笑みを見せてくれた。

「じゃあ、来週もまた、ここでな」

「約束」

ぼくは指切りをしようとしたが、

「男同士の約束は、こうするんだ」

互いの右拳《みぎこぶし》を突き合わせた。


その夜。

ぼくにとって世界を揺るがす大事件が、でも世間ではありふれた出来事が、うちで起こる。

4

目をあけた。

ぼくは布団の中にいた。

時計を見るまでもなく、まだ朝ではない。天井から部屋を照らしているのは、暗く小さな橙《だいだい》色の光だけ。ぼくはこの気味の悪い色が苦手なので、寝るときも白い蛍光灯を点《つ》けたままにしておく。ぼくが寝入ったあとに、両親が照明を切り替えることになっていた。

そのころのぼくは、一度寝入ってしまうと、たいてい朝まで熟睡だ。低学年までは夜中にトイレに起きることもあったようだが、自分の部屋をもらってからは、一度もない。たとえおしっこがしたくなっても、夜一人でトイレに行くのが怖くて我慢しただろうけど。

ぼくがその日、夜中に目を覚ましたのも、トイレに行きたくなったから、ではなかった。

声が聞こえたのだ。

叔父の声が。

とはいえ、以前にも寝ぼけて、朝起き抜けに『あの三段の大きなチョコレートケーキはどこにやったの?』と母を問いつめて大笑いされたことがある。だからこのときも、夢を見たのだ、と思った。昼間に叔父と会ったから、そんな夢を見てしまったのだと。

でも。

夢ではなかった。

たしかに聞こえる。

叔父の話し声。

跳ね起きた。

(叔父さんがうちに来てる!)

うれしくて眠気が吹き飛んだ。

布団から飛び出そうとしたとき。

「まだわからんかっ!」

父の怒鳴り声が壁を突き破ってきた。身体が冷たく固まった。こんなに感情をむき出しにした父の声を、聞いたことがない。

また叔父の声。内容は聞き取れない。でも、なにかを父に頼んでいるような感じだった。しかし父が乱暴にさえぎり、それでも叔父がなにかいうと、母の悲鳴が響いた。

「あなた、やめてくださいっ!」

なにかが割れる音がした。

静かになった。

胸のあたりが痛くなってきた。いままで経験したことのない、骨のきしむような痛みだ。息も苦しい。空気がうまく吸えない。

がたん、と物音が聞こえた。怒りをまき散らすような足音。ぼくの部屋のすぐ前を通りすぎる。玄関へ向かう。靴を履く気配。少し間が空いてから、玄関の引き戸をあけて出ていく。離れていく。小さくなる。聞こえなくなる。

家の中では、父がなにかいっている。

すすり泣いているのは母。

ぼくには、なにがどうなっているのか、わからない。

ただ怖くて、布団を被《かぶ》って震えていた。

5

夏にはあれほど緑の濃かった雑草が、いまは病気みたいに黄色い。頬《ほお》にふれる風も、ひんやりと乾いている。少しずつ冬が近づいている。でも空は突き抜けるように青い。ほんとうに雲の欠片《かけら》もない。真っ青だ。

再会を約束したはずの土曜日の午後。

叔父は、まだ、来ない。

待っていても、たぶん、来ない。

来るわけがない。

ぼくにも、わかっていた。

けど、空き地を出ていく気にも、なれなかった。塾の終わる時間までこのまま叔父を待っていよう、と決めた。来なくてもいい。塾をサボったことが父にばれて叱《しか》られてもいい。叱られたほうがいい。

地面に、タバコの吸い殻を見つけた。踏みつけられ、ねじ曲がっている。先週、叔父が捨てたものだろうか。急に胸がざわめき、たまらなくなって天を仰いだ。きょうはとんびも来てくれない。だれもいない、からっぽの空。身体の奥から噴き上がってくる。止められない。涙があふれる。

ぼくが嘘を吐いた。叔父は、その嘘を信じて、うちに来てしまった。だから、あんなことになった。ぼくが嘘なんか吐かなければ、ちゃんとほんとうのことをいっていれば……。でも、もう、どうすることもできないのだ。あの夜、叔父がうちに来たあの夜、それまでの世界が終わって、別の世界に変わった。どんなに泣き叫んでも、どんなに暴れても、どんな偉い人に頼んでも、元にはもどせない。ぼくのせいだ。みんな、ぼくのせいだ。

ぼくはこのとき、生まれて初めて、本物の後悔に呑み込まれていた。だれもいない空き地で、ひとりぼっちで、冷たい風に吹かれながら。そして、そんなぼくを救ってくれたのも、やっぱりあの人だったのだ。

「なに泣いてるんだ」

顔を上げた。

叔父が立っていた。

コンクリート塀に寄りかかっていた。

「いよう！」

いつもの笑みを浮かべ、二本指の敬礼を決めながら、空き地に入ってくる。大きな旅行鞄《かばん》をしょっている。

信じられなかった。ウルトラマンのお面をかぶって登場したときよりも信じられなかった。ぼくのせいであんなことになったのに、それなのに、叔父はぼくとの約束を守って……。

（いや、そうじゃない）

怒っているんだ。ぼくが嘘を吐いたことに怒って、それで……。

「どうした。また、いじめられたのか」

叔父が右手をのばし、ぼくの頭をつかんだ。

「うそついて、ごめんなさいっ！」

ぼくは身体中から声を絞り出した。

「ほんとは、お父さんたち、叔父さんの心配なんかしてなかった。うちに来ればいいのになんていってなかった。すごく機嫌が悪くて、怒ってた。でも、叔父さんが、なんか、かわいそうで、ほんとのこと、いえなくて……」

それ以上は言葉にならなかった。

叔父が、戸惑った顔で瞬きをしてから、ふっと息を抜き、優しい目をした。

「なんだ。そんなことで泣いてたのか」

「ごめんなさい。ほんとに、ごめんなさい」

「いいんだよ、哲坊」

ぼくの頭をごしごしとなでながら、

「こんなおれでも、おまえなりに気を遣ってくれたんだな。ありがとよ」

ぼくはまだしゃくりあげていた。抑えようとすればするほど跳ね返ってくる。

「そうだ。きょうもこれ、買ってきてやったぜ。ほら」

叔父が背広のポケットから取り出したのは、森永エンゼルパイ。

ぼくは、うす茶色の袋をしばらく見つめたが、首を横に振った。

「食べないのか」

「ぼく、いらないって、いったし」

「そんなこと気にするな。いいから食え。せっかく買ってきたんだ」

叔父が、エンゼルパイをぼくの鼻先に突きつける。

「子どもが遠慮なんかするもんじゃねえ。素直がいちばんだぜ」

ぼくは受け取った。いつの間にか嗚咽《おえつ》が収まり、顔がにやけてしまったのは、我ながら現金だったと思う。

「ほら、食えって」

叔父が見守る中、ぼくは袋を開けた。チョコレートとビスケットとマシュマロのパイ。

かぶりつこうとして、寸前で止める。

「どうした」

ぼくは、エンゼルパイを半分に割り、大きいほうを叔父に差し出した。

「おれにか?」

ぼくはうなずいた。

叔父がうれしそうに、

「そうかあ。じゃあ、せっかくだから、もらうかな。でも、おれはこっちでいい」

小さいほうをぼくの手からつまみ上げ、ぽいと口に放《ほう》り込んだ。

ぼくも真似した。

叔父が、くちゃくちゃと口を鳴らしながら、

「なるほど。こりゃうめえな」

ぼくも、おいしい、と思った。いままで食べたエンゼルパイの中で、いちばんおいしい。

「ほれ」

叔父が差し出した手に、エンゼルパイの空き袋を渡す。

この前みたいに背広のポケットに突っ込み、

「そろそろ塾に行くんじゃないのか」

「きょうは、まだだいじょうぶ」

叔父がちらと腕時計をのぞき、空き地の外に目をやる。時間が気になるのは、叔父のほうらしい。

「叔父さん、どこかに行っちゃうの」

「うん？　なんで」

「そんな荷物、持ってるから」

「ああ、これか」

左肩にしょった旅行鞄を下ろし、

「ちょっとな。だから、来週からはもう、ここには来れないぜ」

「どこに行くの。いつ帰ってくるの」

「決めてない」

ぼくには理解できなかった。行き先も決めないで、どうやって旅行ができるのか。

でも、同時にぼくは、自分がまだ知らない、心がわくわくするようななにかを、叔父の言葉から感じた。

「いっただろ。おれは空を自由に飛ぶ鳥なんだよ」

いっしょに見上げた空には、いつのまにか、とんびがもどっていた。しかも二羽。互いに追いかけ合うように、大きな弧を描いている。

ぼくは、叔父の横顔に、

「叔父さんは、お父さんと仲が悪いの？」

とたんに叔父がうつむき、黙り込む。

やはり聞いてはいけなかったのかもしれない。しかし、いま聞かなければ、次にいつ会えるかわからないのだ。

叔父が、どこか疲れた眼差《まなざ》しを地面に注ぎ、独り言のように、

「おれには、兄貴みたいな生き方は、無理なんだよ」

いっている意味はわからない。

でもぼくには、それ以上、聞くこともできなかった。

その代わり。

「叔父さん、あのね……」

「うん？」

「……ぼくさ」

自分のことを話したい、と強く感じた。

もっとぼくの話を聞いてほしい。

ぼくのことを知ってほしい。

時間がない。

「ほんとは、医者になんか、なりたくないんだ」

叔父が驚いた顔をした。なぜぼくがいきなりこんな話をはじめたのか、わからないようだった。でも、すぐに笑みを見せ、

「じゃあ、なにになりたいんだ。野球選手か。それとも飛行機のパイロットか」

「ぼく、叔父さんみたいになりたい」

叔父の表情がこわばった。

「かっこよくて、強くて、鳥みたいに自由に生きる大人になりたい」

絶句していた叔父が、へっと照れくさそうに笑い、鼻をこする。また空を見上げて、目を細め、

「ま、いいか」

小さくつぶやいた。

「ねえ、どうしたら、叔父さんみたいになれるの?」

「どうしたらって、いわれてもな」

「がんばったら、なれる?」

「がんばるって、なにを?」

「えっと、えっと、勉強とか、スポーツとか」

ぼくの苦し紛れの答えにも、叔父は微笑《ほほえ》んでくれた。

「ああ、なれるさ」

「じゃあ、ぼく、がんばるよ」

叔父が急に、怖いくらい真剣な目で見つめてきた。

「……なに」

「おまえ、ほんとに、いい子だな」

ものすごい勢いで胸が熱くなった。こんなことをいってくれるのは、世界中でこの人だけだ。心の底からそう思った。

叔父が旅行鞄を左肩にしょい上げた。

「行っちゃうの?」

「お父さんとお母さんを大切にな」

「叔父さん」

ぼくは右拳を突き出した。

「また会おうね。約束」

叔父は、ためらいを見せたが、右拳を合わせてくれた。

「約束する」

「絶対だよ。男同士の約束だからね」

「おう」

右拳をもう一度、こつん、と当てて、

「元気でな、哲坊」

「叔父さんも」

「ありがとよ」

例によって二本指の敬礼。

ぴん、と弾く。

くるりと背中を向け、去っていく。

「ほんとに、また、会おうよね」

後ろ姿。

ぼくの声は届いていない。

もう二度と会えないかもしれない。

そんな予感がする。

コンクリート塀を出て見えなくなると、ぼくはたまらず駆けた。しかし、叔父を追って空き地を出たところで、ぎくりと棒立ちになった。

そこに、ぼくの知らない人が、叔父を待っていた。

真っ赤なワンピースを着た、髪の長い女の人。

とてもきれいな、でも、ちょっと怖そうな人だった。

第二章　眠る男

その男の寝顔は、遠い昔の夢でも見ているようだった。寝ているときはだれでも無防備になるものだが、いまの彼ほど穏やかな表情は、大人ではそうそうお目にかかれない。

猪口《いのぐち》千夏《ちなつ》は、ベッドの傍らの丸椅子《まるいす》をそっと引き、腰を下ろした。彼の寝顔をながめていると、なぜか肩の力が抜け、頬がゆるむ。いったいこの人は何歳なのだろう。肌が浅黒く荒れているのは、年齢のためというよりも、長年の生活環境の影響が大きそうだ。それでもこうして静かに目を瞑《つぶ》り、口を軽く閉じている様は、なかなかの二枚目ではある。睫毛は長いし、鼻の形は整っているし、彫りも深い。髪は九割がた白くなっているが、量は豊かで艶やか。多くの女性を泣かせてきたという自慢話も、あながちホラではないのかもしれない。

腕時計を見た。あと三分はだいじょうぶ。その間に目を覚ましたら、一言でも言葉を交わす。起きなければ、メモに書き置きを残す。内容は、近くを通りかかったので顔を見に来た、とだけ。事実、特別な用件があったわけではない。忙しい中にあっても、こまめにクライアントのもとに足を運ぶのは、あなたのことを大切に思っていますよ、というメッセージを行動で伝えるためだ。こうした些細《ささい》なエピソードの積み重ねが、信頼関係につながる。とくに彼のようなケースでは、今後のソーシャルワークを円滑に進めるために大切なことだった。

千夏は、彼の本名を知らない。忘れちまったよ、思い出せねえんだ、と彼はいう。困惑したその表情は、冗談をいっているようには見えなかった。とすれば記憶障害を疑わなくてはならないが、それ以外の可能性も排除するわけにはいかない。つまり、いいたくない、素性を知られたくない事情がある、ということだ。過去に犯罪に手を染めて警察から逃げているか、暴力団関係のトラブルに巻き込まれているか、それとも、このパターンがもっとも多いのだが、単に過去を棄《す》てたいだけか。彼がどれに当てはまるのか、はたまた予想外の理由が隠されているのか、現段階で予断は禁物だ。だが一つだけ確実なことがある。彼の命はもう長くない、ということだ。

このままでは彼は、適当な仮名をつけられ、その状態で一生を終えることになる。それが本人の希望ならば、千夏はこれ以上なにかをいえる立場にはない。彼の人生は彼のもの。最後は彼が決めることだ。だが……。

「ほんとに、いいんですか、それで」

あなたには、あなたの人生を引き受けてきた名前がある。その名前を通してつながってきた人たちがいる。最後に会いたい人や、看取《みと》ってほしい人、感謝したい人、謝りたい人、そんな人たちがいるのではないか。もしそうなら、意地を張らずに、早くいってほしい。でないと、間に合わなくなってしまう。

千夏は、ため息をついて、ふたたび腕時計を確認する。そろそろ相談室にもどらなければ。次の面接の準備がある。白衣のポケットから大きめの付箋《ふせん》をとり、そこにボールペンでメッセージを書き、床頭台に貼《は》り付けて、

「じゃ、わたし、もう行きますね」

腰を上げて丸椅子をもどし、仕切りのカーテンを開けようとしたときだった。いきなり男がなにかをいった。それはあまりにもはっきりとした声だったので、千夏は飛び上がりそうになった。しかし振り返っても、彼は目を閉じたまま。

「寝言……?」

夢の中でだれかに語りかけたのか。

彼の声は、たしかにこういった。

ごめんな、テツボウ。

第三章　善意のメフィストフェレス

1

「はい、きょうはここまでね」

講師のやたらと明るい声に、僕は我に返った。

教室がいっせいにざわめきだす。まわりの生徒は、さっさと学習用具をカバンに詰め、先を争って出ていく。いつもの女子三人組は、ホワイトボードの前で講師を捕まえて質問攻めだ。質問というより雑談か。アルバイトで塾の講師を務めるこのお兄さんは、地元では名門とされている大学の現役学生だ。ちょっと太っているし、足も短いし、顔だって大したことないのに、なぜか女子生徒に人気がある。

でも僕は、講師にも、講師に群がる女子にも、興味はない。もちろん、勉強にも。この新たに駅前にできた学習塾だって、父が勝手に申し込んで、半ば強制的に行かされているのだ。

だったら週二回の塾通いは嫌々続けているのか、というと、必ずしもそういいきれないのが思春期の複雑なところでもあって。

僕はそっと後ろの席を振り返った。教室に残っているのは数名。本城《ほんじょう》さんはいない。もう行ってしまったのだ。抜かった。

僕は急いで教室を出た。狭い階段を下り建物の外へ。周辺は塾帰りの中学生たちで騒々しい。大きな警笛が聞こえた。目と鼻の先にある駅に、会社帰りの人たちを乗せた電車が、レールを軋《きし》ませながら入っていく。耳に刺さるようなブレーキ音を長く響かせて停《と》まった。

僕は自転車置き場に行き、カバンを後輪サイドのかごに放り込んで、ロックを外す。ドロップハンドルの自転車を出しながら、目はちらちらと本城さんの姿を盗み見る。

彼女は、いつもと同じように、建物から少し離れた暗い場所で、一人佇《たたず》んでいた。頬が柔らかそうな、でも体つきは華奢《きやしや》で、もちろん抜群に可愛《かわい》くて、一言で表現すれば天使のような。

彼女については、名字が〈本城〉という以外は知らない。中学が違うので、まだ言葉を交わしたこともない。どこの中学の生徒かもわからない。塾の教室で見かけるだけ。それも遠くから。でも僕には十分だ。後ろ姿を見ているだけで幸せになれる。横顔なら天にも昇る気持ちで、真正面から向き合えたらほんとうに地面から足が浮き、そのまま半径五十センチ以内に近づけば爆発してしまうだろう。

大きな白いセダンが近づいてきて停まった。本城さんが、後部座席のドアを開けて乗り込む。室内灯の光で、運転席の男の人が見えた。たぶんお父さん。本城さんを乗せた白いセダンは、僕の目の前を通り過ぎ、いずこへかと去っていく。もちろん彼女の自宅だろうけど。

僕は、自転車のハンドルを握って突っ立ったまま、見送るしかない。これで来週の水曜日まで、天使の御姿とはお別れだ。長いな。ほうっと熱いため息を漏らしたそのとき、背中を乱暴に叩《たた》かれて心臓が止まりそうになった。振り向くと、

「いよう！」

上原清治郎その人が、敬礼した二本指を、ぴん、と弾く。

「なんだ……叔父さんか」

「なんだ、とは冷たいな」

気取った笑みと芝居がかった口調は相変わらずだ。しかしそれが様になってしまうのは、日本人離れした顔立ちのせいだろう。彫りの深さはハーフと間違われるほどなのだ。

そんな顔に整髪料をたっぷり使った髪が長く掛かっていて、控えめにいっても、塾講師のお兄さんより数倍はハンサムだった。でもファッションは変わっていて、白いジャケットに黒いシャツのボタンを胸元近くまで開けて、どう見ても会社勤めしている恰好ではな

いが、かといってヤクザになったのでもない。父の言葉を借りれば『中途半端』なのだそうだ。

「こんな夜遅くまで勉強か」

建物に掲げられた塾の看板を見上げる。僕は、両親から進学祝いにもらった腕時計に目をやって、

「そんなに遅くないでしょ」

「まだ医者を目指してんのか」

「医者？」

「いってたろ。兄貴から医者になるようにいわれてるって。もうかるからってさ」

「昔のことだよ」

「昔、か。おれにとっちゃ、きのうのことみたいだがな」

夜空に向かってからりと笑った。

僕は受け流して自転車にまたがる。

「いまはなにを目指してるんだ」

「べつに」

「将来の夢とか」

「まだ中二だよ。まずは高校受験。そんな先のことなんか」

「ふうん」

叔父が僕の顔をのぞき込んでくる。

「……なに」

「どうだ。久しぶりに、いっしょに飯でも食うか」

「お母さんが用意してくれてるから」

「ああ……そうか」

「それじゃ」

僕が行こうとすると、じつにさりげない口調で、

「ところで、さっきの白いセダンの彼女、惚《ほ》れてんのか」

ぎく、と固まった。

み、見られていたのか。よりによって、この人に……。

「なかなか可愛い子じゃないの。脈はありそうなのか」

こういう無神経なところが嫌。

「どうでもいいでしょ。行くよ」

僕がペダルに足を置くと同時に、叔父がハンドルに手をかけた。

「なあ、ちょっと待てよ、哲坊」

「その呼び方、やめてよ」

「哲坊は哲坊だろうが。それよりおまえ」

声を低めて、顔を近づける。

「少しは経験あんのか」

「……経験って？」

「とぼけるなぃ。女だよ。キスくらいしたことあんのか」

顔面が熱くなる。

叔父がうれしそうに、

「ははぁん。まだだな」

なれなれしく肩に手を回してきた。

「おまえさえその気なら、いろいろ教えてやるぜ。おまえもそういう年頃《としごろ》だ。知るのに早いってことはない。これでもおれは、そっちに関しては兄貴よりも経験豊富なんだ。おまえの見たことのない世界を案内してやるよ。善意のメフィストフェレス様だ」

「意味わかんないよっ」

僕は動揺を見せまいと目をそらした。

「いいところに連れてってやるといってるんだよ。おれの顔が利くところにさ」

「知らないって！」

叔父の腕を強引にふりほどき、ペダルを踏み込んだ。

「おいっ」

無視して全身の力を足に込めた。込めるたびに、ぐい、ぐい、ぐい、とスピードが上がる。空気の壁を何枚も突き破っていく。かき回すようにペダルをこぐ。こいでもこいでも疲れない。あとからあとからエネルギーが溢《あふ》れてくる。このまま無限に速くなれそうな気がする。

僕の家はもう、源右衛門新田には、ない。僕の中学入学とほぼ時を同じくして、市内に新たに造成された住宅地に二階建ての家を新築し、そちらに引っ越したのだ。源右衛門新田という地名は、僕にとって懐かしい響きになりつつあった。父は三年前に課長に昇進し、給料もそれなりに上がったらしい。その代わり帰宅するのは遅く、たいてい夜の九時を過ぎ、忙しい時期は深夜になる。母は、僕や父の帰りが何時になろうと、自分だけは七時に夕食を済ませるという信念を貫いているので、塾のある日の僕は、一人で夕食をとることになる。そして風呂《ふろ》から上がったら、自分の部屋で勉強だ。

この部屋の壁にも学習計画表が張ってあるが、父の手によるものではなく、僕が自分で書いたものだ。最上部には、目標となる第一志望校の名前。いちおう難関校とされているが、いまの僕の偏差値なら無謀な目標ではない。

一息入れてから、さて塾の復習をしようとテキストを広げたものの、今夜にかぎって、勉強が手に着かなかった。頭を過ぎるのは、本城さんのことばかり。いつもは、こんなことはない。自分でいうのもなんだが、僕は気持ちの切り替えがうまいほうだ。勉強するときは勉強に集中できる。なのに……。

僕はテキストを閉じ、引っ越すときに買ってもらったベッドに身体を投げ出した。マットレスのスプリングが軋む。ぼんやりとながめる白い天井に、本城さんの姿が浮かんでくる。でもその本城さんは、いつも塾で見かける恰好じゃなくて、そうじゃなくて、口にするのも憚《はばか》られるような、つまり……その……ああ、だめだ。

僕は頭を抱えて転がった。凶暴ななにかが身体の中で暴れていた。大声を出したくなる。また自転車でぶっとばしたくなる。

『少しは経験あんのか』

耳の奥で叔父の声が聞こえた。

『女だよ。キスくらいしたことあんのか』

やっぱりあの人のせいだ。あんなこといわれたから、いやらしいことばかり考えてしまうんじゃないか。

『おまえさえその気なら、いろいろ教えてやるぜ』

〈いろいろ〉って、なんだよ。もっと具体的にいってくれって。こっちはなにも知らないんだから。

『これでもおれは、そっちに関しては兄貴よりも経験豊富なんだ』

だから〈そっち〉ってなんなんだよ。

『おまえの見たことのない世界を案内してやるよ。善意のメフィストフェレス様だ』

ていうか〈メフィストフェレス〉って、だれ？　知らねえよ、そんなやつ。

『いいところに連れてってやるといってるんだよ。おれの顔が利くところにさ』

勢いよく身体を起こした。

スプリングがまた軋んだ。

認めるのは癪《しゃく》だが、ほんとうは気になって仕方がない。

あの……〈いいところ〉って、どんなところなのでしょうか。

2

「いっしょに来ればわかるさ」

叔父がズボンのポケットに両手を突っ込み、肩を弾ませながら先を歩く。僕はその後ろに隠れるように付いていく。叔父が用意してくれた古びたジャンパーと、目深にかぶった野球帽は、もちろん年齢をごまかすためだ。

叔父が楽しげに僕を振り返り、

「迷子になるなよ」

僕は、絶対にはぐれまいとの決意を込めて、うなずいた。

当時の市の中心部は、駅を挟んできれいに二分されていた。

駅の南側はもともと開発が進んでおり、ちょっとしたデパートや飲食店、洋服店などがそろって賑《にぎ》わいがあった。僕の通っていた学習塾も駅南だ。

対照的に駅北には、昔からある大きな紡績工場を中心に、古い家屋やアパートが建ち並び、全体的に暗い感じがした。そこに住む小中学生にも荒っぽいという噂《うわさ》が絶えず、ほかの地区の子供がうかつに近づけない雰囲気があった。僕も中学生になるまで、一人で足を踏み入れたことはない。

その未踏の大地を、僕は叔父の背中を楯《たて》にしつつ進んでいる。しかもそこは、駅北の中でも、妖《あや》しげなネオンのあふれる通り、いわゆる歓楽街というやつだ。そもそも市内にこんな場所があるなんて知らなかった。まわりを見ても、行き交うのは仕事帰りらしき男の人ばかり。陽気な数人のグループもいれば、一人刺々《とげとげ》しい顔で背中を丸めて歩く人もいる。でも駅に向かう人はほとんどいない。ネオンの光の中をふらふらと漂っているうちに、なんとなくといった感じで、いずれかの店に入っていく。自分から入っていくというより、ネオンのお化けに引き寄せられているみたいだ。ここには満ちている。おっかなくて、やばくて、でも、なにか心をわくわくさせるものが。僕の心臓はさっきからずっとフルパワーで鼓動を打っていた。

「ねえ、まだなの」

たまらず聞くと、叔父は振り向きもせず、

「すぐだよ。そう急かすなぃ」

僕とは正反対に、叔父は心の底からリラックスしている。この狭くて妖しげな通りこそが自分の庭だといわんばかりに。

「きょうはここだ」

叔父が足を止めた。親指で示した先には、丸いピンク色の電球に縁取られた看板。〈さくらんぼ劇場〉。

「まずは入門編。物事には順序ってものがあるからな」

付いてこい、という仕草をして、開け放たれた入り口に進む。僕はちょっと躊躇《ちゅうちょ》したが、叔父の姿を見失いそうになって、あわてて後を追った。

「おや、清さん。珍しいね」

映画館でいうと券売所みたいなところに、年配の男の人が座っていた。痩せていて顔が黒い。叔父が財布からお金を出して、

「二人だ」

「おや、こりゃもっと珍しい。清さんが友達づれとは」

でも、首を伸ばして僕を見たとたん、眉を曇らせ、

「あれれ、そちら、未成年じゃないの？」

僕は顔を伏せた。やっぱりこんな変装でごまかせるわけがない。

でも叔父はあわてた様子もなく、

「野暮はいうなぃ」

「でもさあ、最近、警察がうるさいんだよね」

「警察がなんだ。これも立派な社会勉強。日本の明日を担う青少年を育成する一環なのだよ。違うかね、君」

芝居がかった口調で畳みかけても、

「未成年と知ってて入場させたら、おとがめを食うのはこっちだぜ」

効果がないと知った叔父は、一転くだけた調子で、

「未成年とは思わなかったってことにしとけよ。見ろ。これのどこが未成年だ」

と前に押し出された僕は、精いっぱい胸を張ってはみたが、どこから見ても未成年だ。

受付の男の人も困っている。

すると叔父、今度は声をひそめて、

「ケイコちゃんへのラブレターを代筆してやったの、忘れたのか」

男の人がぎょっとした。眉を八の字にして、

「清さん、いまそれを持ち出すのは……」

「なんだ」

叔父がさらに押すと、

「わかった、わかったよ」

折れてくれた。

「清さんにはかなわねえや」

さばさばした顔で僕に笑いかけてくる。

「でも、坊やにはちょっと、刺激が強すぎるかもよ。ちょうどいまから、美園《みその》ちゃんのクレオパトラだ」

「おお、あれか」

叔父が僕の両肩に手をのせた。

「哲坊、おまえはじつに運がいい」

ドアを開けると、どこかの民族音楽が流れてきた。中は湿っぽくて熱い空気が充満している。お客さんが思った以上に多い。みんな立ったまま同じ方向を見上げている。にやにやした顔にぎらぎらした目。みんなの視線が収束する焦点に、僕の目も吸いつけられる。

小高い舞台。

その上。

強いライトに照らされて立っているのは、おかっぱ頭の女の人。コブラの形をした頭飾りを付け、首にも金色のネックレス。透き通りそうな白い布を身体に巻き、つま先立ちになった足を、音楽に合わせて出したり引っ込めたりしている。足を前に出すたびに、布の切れ目から太股《ふともも》がちらりと現れる。僕は息をするのも忘れた。

踊り子さんは、両手をゆっくりと胸で交差させ、両肩にかかっていた布を左右にずらす。胸元まではらりと落ちた布は、交差させた手で受け止める。むき出しになった肩を艶《なま》めかしく揺らしながら、切れ長の目を客席に流す。その間も、交互に太股を見せることは忘れない。踊り子さんの顔はほとんど無表情だが、それが却《かえ》って人間離れした雰囲気を醸し出している。

踊り子さんの踊りが変わった。身体を揺らしながら、くるりと回る。そのたびに、白い布が少しずつ、下にずれていく。三度めに回るころには、前はまだ手で押さえてあるものの、後ろは腰まで落ちていた。背中はもちろん、くびれの下の盛り上がりも見える。その腰がときおり鋭くくねり、白い布がぱっと開く。一瞬だけお尻が見えても、すぐに隠れてしまう。客席は魔法をかけられたように静かで、唾《つば》を飲む音しか聞こえない。

でも、踊り子さんが胸を隠していた布を下にずらし、ソフトボールを半分に切ったようなおっぱいを出すと、歓声と拍手が沸き上がった。その反応に、踊り子さんもちょっと笑った。それまでの神々しいイメージとは打って変わって、親しみやすい笑顔だった。客席から、美園ちゃーん、と声が飛ぶ。

それで僕は、というと、緊張しすぎて頭のどこかが麻痺《まひ》したらしく、自分が興奮しているのかどうかもよくわからない。だから踊り子さんがついに布をぜんぶ床に落とし、全裸になったと思いきや股間《こかん》に赤いリボンのようなものを付けていて客席からがっかりのため息が漏れたときも、夢を見ているような状態だった。

そんな僕にはお構いなしに、音楽が変わって会場はさらに熱を帯びる。踊り子さんは、両手を互いに絡ませるように高く上げ、腰を激しく振って踊る。おっぱいが重そうに波打つ。さっきまでが静ならこちらは動。客席からは手拍子で応援。そして音楽が最高潮に盛り上がった瞬間、踊り子さんが腰に手をやってリボンを外し、客席に投げ入れた。今度こそ正真正銘の全裸になり、足をそろえて真っ直《す》ぐ立ち、両手を大きく広げ、ぐっと胸を反らして天を仰ぐ。そのポーズのまま音楽がフィナーレを迎えた。

歓声と拍手と指笛の嵐《あらし》に、踊り子さんも笑顔で手を振って応《こた》える。やがて会場全体が、ご開帳、ご開帳、という声と手拍子に染まっていく。なにをするのかと見ていたら、踊り子さんが舞台で仰向けになるや、目いっぱい股を広げ、膝《ひざ》を立てて腰を高く持ち上げた。足側にいるお客さんには、踊り子さんのアソコが丸見えになる。うおおっという大歓声と拍手。

「美園ちゃん、こっちにも頼むぜ。景気のいいところを一発見せてくれ」

叔父。僕のとなりで両手でメガホンをつくり、大声を張り上げていた。

「てめえ、ずるいぞ、清治郎！」

どこからか声が飛んできた。どうやら叔父は、この界隈《かいわい》では有名人らしい。

「おれじゃねえ。ここに女のアソコを初めて見る坊やがいるんだよっ！」

どっと沸いた。指笛も鳴った。

「美園ちゃん、坊やにサービスしてやりな」

ほかの客からも声が飛ぶ。

「あいよっ」

踊り子さんが僕を見つけて微笑みかける。まわりのお客さんも脇《わき》によって、わざわざ見やすいようにしてくれる。みんな僕に注目している。僕は恥ずかしくて死にそうだった。でも目は開いていた。せっかく見せてくれるのだからちゃんと見なくてはいけないと、変に責任を感じた。やっぱり興奮しすぎて頭がどうかしていたのだろう。

「坊や、よく見てね」

踊り子さんが僕に向かって股を開く。膝を立てて、ぐっと腰を上げる。両股の付け根にライトが当たる。見える。もろに見える。まともに見るのは生まれて初めて。心臓がぎゅっと締め付けられた。気が遠くなりそう。

そのとき。

とつぜんすべての照明が点《とも》った。

魔法が消えて現実が現れる。

みんな夢から覚めたような表情だ。踊り子さんも身体を起こし、異様に化粧の濃い顔で狼狽《うろた》えている。

「……なんだ」

客席がざわめきはじめた。

「はあい、みなさん、そのまま動かないでくださぁい。警察です」

スピーカーで増幅された声が響きわたった。

「警察って……」

「まずい。手入れだ」

叔父が低くつぶやく。

会場が騒然となった。出口に走り出す人。ぶつかる人。押し合う人。でも圧倒的多数は、ただ呆然《ぼうぜん》としているだけ。

「動かないでっ」

スピーカーから割れた声が飛ぶ。

「哲坊、逃げるぞ」

「え、でも――」

「いいから。こっちだ」

叔父が僕の手を摑《つか》んだ。頭を低くして出口とは逆の方向へ。まわりのお客さんもなぜか僕らには道を空けてくれる。早く早く、と応援してくれる人までいた。僕は引っ張られるまま狭いドアをくぐる。そのときちらと舞台を振り返った。いかつい男の人たちが踊り子さんを取り囲んでいた。カメラのフラッシュが光った。

「急げ」

細い通路を走った。突き当たりにトイレ。タイル張りの壁。ちょっと高いところに小さなガラス窓。叔父がそれを全開にし、

「先に行け」

「こんな狭いところ、抜けられないよ！」

「おまえならできる。早くしろ」

「そんな」

「四の五のいわずにやるんだ！」

仕方なく窓枠に手をかけて、身体を引っ張り上げてみた。頭が入っても、肩が当たってしまう。

「やっぱり無理だよ。高いし」

「泣き言は後。さっさと行けっ！」

叔父が僕のお尻を持ち上げて押した。

「うわ、だ、だめだって！」

勢いあまって僕は窓から外に飛び出してしまった。そして、なんでそうなったのかわからないが、気が付いたときには一回転して足から地面に着地していた。

「見ろ。やればできるんだ。どけ」

次は叔父の番。僕よりも身体が大きいはずなのに、熟練の空き巣みたいにするりと窓を抜け、あっさりと降り立つ。僕が感嘆の声を上げそうになると、人差し指を口に当てて、鋭い目で左右を一瞥《いちべつ》。

そこは両側をビルの壁に挟まれた路地だった。足下も見えないほど暗くて、じめじめとして、変な臭《にお》いがする。

「こっちだ。行くぞ」

叔父が走り出す。僕も後を追う。必死に追う。どこをどう走っているのか、わからなくなる。僕は叔父の姿だけを目指して走った。とにかくあの背中に付いていくのだ。それ以外のことは考えない。はぐれたらお終《しま》いだ。

全力疾走しながらいくつも角を曲がると、歓楽街の灯《あか》りがまったく届かない場所に出た。

「ここまで来たらいいだろう」

叔父が電柱に手を突く。さすがに息が荒く、肩を大きく上下させている。僕もこんなに走ったのは、体育の授業で四百メートル走のタイムを計ったとき以来だ。互いの顔を見合わせると、自然に笑みがこぼれる。次の瞬間には、声を合わせて大笑いしていた。

「どうだ。おもしろかったろう」

　僕は思い切りうなずく。爽快《そうかい》な気分で胸がはちきれそうだった。

「これが大人の世界ってやつよ」

「でも、ほかのお客さんは、どうなるの」

「客は罪にはならねえ。事情聴取されるだけだ」

　僕は驚いて、

「じゃあ、なんで逃げたの」

「おまえがいるからに決まってるだろ」

「僕？」

「おまえは未成年だ。警察に知れたら面倒なことになる。学校に連絡がいくかもしれん。もちろん家にもな」

「それは困る」

「だから逃げたのよ」

「あのとき、ほかのお客さんも、わざわざ道を空けて、僕らを逃がしてくれたよね。なんであんなことを」

「人間、助け合って生きるのは当たり前だ。違うか」

叔父が腕時計を見た。

「まだ時間はあるな。とりあえず、うちに戻るか」

叔父の住んでいる木造モルタル二階建てのアパートも、やはり駅北にあった。塾の学習用具を入れたカバンと自転車は、そこに置かせてもらっていたのだ。塾には叔父から電話してもらい、体調が悪くて休む旨を伝えてあった。要するに、ずる休みだ。父に知れたら只《ただ》じゃ済まない。

叔父の部屋は、二階のいちばん奥。窓に灯りが点いていた。

「来てるのか」

叔父がその窓を見上げて、ぼそりといった。

外付けの階段を上り、部屋のドアを叩いて、

「おれだ」

「おかえりなさい」

返ってきたのは女の人の声だった。とても柔らかな、でも儚《はかな》げで、ふとした瞬間に消えてしまいそうな。また心臓がどきどきしてきた。

ドアが開く。

「来てたのか」

「うん」

ショートヘアに、ちょっと小さめの円《つぶ》らな目。鼻や口の造りも小ぶり。首も細い。クリーム色のニットシャツにジーンズ。僕に目を留めて笑みをつくり、

「あら、お客さん？　ひょっとして、あのカバンの？」

「甥《おい》っ子の哲坊だよ。さあ、入れ」

僕は、どうも、と頭を下げて靴を脱いだ。

「もう少し時間あるんだろ。ゆっくりしてけ」

女の人が叔父のジャケットを脱がせ、ハンガーに掛ける。叔父は、それが当然という顔で、部屋の中央にあぐらをかく。広さは六畳くらい。小さな台所、お風呂やトイレも付いている。隅々まできちんと片付けてあって、初めて入ったときは意外な気がした。

「哲坊くん、ご飯は食べたの？」

「いえ、でも、家で食べるので」

「なにか飲む？　コーラならあるけど」

「あ、はい。お願いします」

「オッケー」

女の人が台所に行き、冷蔵庫を開けてコーラの一リットル瓶を取り出す。一つ一つの動作がきびきびとしているのに、足音がほとんど聞こえない。この人だけ床からちょっとだけ浮いているんじゃないか、そんな気さえした。

「おう、なにしてる。哲坊も座れ」

「うん……あ、これ」

僕はジャンパーと野球帽を脱いで、叔父に返す。それを叔父は無造作に脇に置き、シャツの胸ポケットからタバコをとり、一本口にくわえて百円ライターで火を点けた。

「灰は灰皿に落としてね」

台所から声。優しいながらも、どこか逆らえない響きがある。

「お、おう」

叔父も素直に、壁際にあった四角い灰皿を引き寄せ、最初の灰を落とした。

僕は声をひそめて、

「あのう……叔父さん」

「なんだ」

「だれ」

僕は台所に立つ女の人に目をやった。

「おまえ、初めてだっけ」

「初めてだよ」

「そっか」

「なにが」

女の人が、コーラを入れたガラスコップを持ってきてくれた。僕は礼をいって受け取る。叔父には缶ビール。叔父は無言で蓋《ふた》を開け、大きく一口呷《あお》った。

「こいつは、斉藤霧江《さいとうきりえ》といってな。ええと、関係は……こういう場合、なんていったらいいんだろうな」

珍しく叔父が困った顔をしている。

「腐れ縁」

霧江さんが窘《たしな》めるような口調でいうと、

「そ、腐れ縁だ」

まるで自分が見つけた言葉みたいに繰り返した。

「甥っ子っていうと……もしかして、あのとき空き地で待ってた男の子？」

「哲坊は、そんな昔のこと、とっくに忘れてるよ」

「え、そうなの」

霧江さんが腰を落とし、僕の顔をのぞき込む。一瞬、まともに目が合って、息が止まりそうになった。

「それは、なんというか……はい」

ほんとうは忘れていなかった。僕はちゃんと憶《おぼ》えていた。叔父を追って空き地を出たときに見た、きれいな女の人のことを。

ただ、僕の記憶にあるイメージでは、髪が長くて、もっと怖そうな雰囲気があった。いま目の前にいる霧江さんは、髪はともかく、どちらかというと可愛いらしい人だ。それに、こんないい方はおかしいかもしれないが、じっと見ていると向こう側が透けてきそうな感じがある。僕はこんな人に会うのは初めてだった。

「そっかぁ。そういうもんなのかぁ」

霧江さんは、がっかりというよりも、不思議そうな顔をしている。

「でも、大きくなったのねえ。子どもって、すぐに大きくなっちゃうんだ」

「そりゃそうさ。なんたって――」

叔父がここぞとばかり、たったいま二人でストリップ劇場に行ったこと、踊り子さんが僕に特別サービスしてくれたこと、その最中に警察が踏み込んできて、あわててトイレの窓から逃げてきたことを、おもしろおかしく話してみせた。霧江さんも口に手を添えて笑い、僕に同情たっぷりの目を向けて、

「あなたも、この人に引っ張り回されて、とんだ目に遭《あ》ったわね」

「いやあ、ほんと、いいところだったのになあ、哲――」

いきなり叔父が手を拍《う》った。

「おう、そうだ。ちょうどいい。霧江、おまえ、哲坊に見せてやれ」

「見せるって、なにを」

「アソコだよ。女のアソコ」

霧江さんの顔が真っ赤になった。

次の瞬間、もの凄《すご》い目で叔父を睨みつけ、

「もう、バカいって！　子どもの前で」

僕は、あっと思った。

この表情。

記憶と重なった。

そう。

霧江さんは、たしかに、あのときの女の人だ。

「おれはまじめにいってるんだ。哲坊はもう子どもじゃねえ。一人前の男になろうと必死にもがいてる。大人の女として、導き手になってやれっていってるんだよ」

「そういうのを余計なお世話っていうんじゃなくって。この子にだって選ぶ権利はあるわよ。ねえ」

僕に向かってにっこり微笑み、

「あたしみたいなオバサンはいやよね」

「二十七歳はオバサンじゃねえよ。女盛りだ。なあ、そうだろ、哲坊」

叔父の調子に乗せられ、僕は思わず、

「はい。ぜんぜん大丈夫です」

と答えてしまった。

霧江さんが、え、という顔で絶句する。

一瞬の静寂。

それを破って、叔父が盛大に吹き出し、けたたましく笑った。

霧江さんも、両手で口を覆い、肩を震わせている。

僕は、自分がとんでもないことを口走ったのだと、ようやく気づいた。顔から火が出た。

「あ、ご、ごめんなさい。僕はべつに、そんなつもりで……」

「ううん、いいの。ありがと」

霧江さんは、笑いすぎて目に涙を浮かべていた。

「でも、やっぱりちょっと、やめておくね。恥ずかしいから」

僕のほうが恥ずかしくて、顔を上げられなかった。

でも、このとき心の中に、ほんのちょっとだけど、残念に思う気持ちがあったことを、白状しなければならない。

3

結論からいうと、塾をずる休みしたことは、あっさりと父にバレた。哲彦くんの体調はいかがですか、と塾から電話があったのだ。僕の勘だが、塾の担当者も、これは怪しいと感じたのではないか。というのも、病欠の連絡を入れるときの叔父の口調が、例によっていかにも芝居がかった、わざとらしいものだったからだ。僕も悪い予感はしていた。悪い予感にかぎって当たる。そういうわけで僕はいま、新しい我が家ではもっとも格式高いとされる仏間の畳に、座布団もなしに正座させられているのだった。

目の前には、座布団の上で同じく正座し、例のガメラ顔で腕組みをする父。会社から帰宅して早々に母から報告を受けたらしく、ワイシャツにネクタイを締めたままで、まだ夕食もとっていない。課長になってから太ったようで、正座するとお腹《なか》が出ているのがわかる。色白なのは相変わらずだが、最近、頭の天辺《てっぺん》あたりの地肌が透けて見えるようになった。母は台所に行ったきりでここにはいない。壁時計の針は夜の九時半を指している。

「清治郎だな」

それ以外の可能性など端《はな》から除外している。

「塾にかかってきた電話は、大人の男の声だったそうだ。おまえを唆《そそのか》してこんなことをするのは、あいつしかいない」

至極ごもっともで、反論のしようもない。

「塾をサボって、清治郎となにをしていた」

「叔父さんの部屋で、ごろごろと――」

「そんなわけがあるか！」

勉強を蔑《ないがし》ろにしたことがよほど頭に来たのか。あるいは会社でトラブルでもあったのか。父の声は、いつにも増して感情的だった。

しかし意外なことに、僕はそれを平然と聞き流すことができた。以前の僕なら、父の怒声を耳にしたとたん、身体が縮こまってしまったのに。

「おまえを、どこかに連れていったんじゃないのか」

「どこかって」

「とぼけるな。どうせ、いかがわしい場所にでも行ったのだろう。あいつのやりそうなことだ」

僕は冷静に感心した。さすが兄弟。叔父のことをよくわかっている。もしかしたら、父もあの劇場に行ったことがあるのだろうか。叔父に誘われて。僕はその姿を想像し、少しいやな気持ちになった。

「おまえは、なにもわかっていない。あいつは駄目だ。あんな人間と付き合っていたら、おまえまで駄目になる。いいか、哲彦」

父が、ぐっと顔を近づける。

「自分ではわからんだろうが、おまえはいま、人生でいちばん大切な時期にいるんだぞ。

ここで少しでも道を外れたら、その差はあっという間に開いて、大人になるころには、もう一生挽回《ばんかい》できないほど大きくなってるんだ。そうなってからでは手遅れなんだぞ」

僕は素直にうなずけなかった。父の物言いに、強烈な抵抗感を覚えた。

「おまえ、あいつのような大人になってもいいのか。来年には三十になるというのに、定職にも就かずにふらふらと」

正直、なってもいい、という気持ちがあった。なぜなら、叔父は毎日がとても楽しそうだから。

一方で、まじめに働き、立派な家まで建てた父はどうなのか。ほんとうに叔父よりも幸せだと断言できるのか。叔父を馬鹿にできるほど偉い人間なのか。

「道を外れることなく、しっかり勉強し、名の通った大学を出て、社会から認められる人間になれ。いいな」

「お父さんはどうなの」

頭で考える前に、口をついて出た。

「なに……」

「お父さんは、そうやって生きてきたの？　勉強して、ちゃんと名の通った大学を出た？」

父は会社では課長にまでなっていたが、じつは大学を出ていない。高卒なのだ。そして父は、自分の学歴にコンプレックスを持っている。僕はそれを知っていた。知っていながら、いったのだ。

僕から反論されるとは思っていなかったのだろう。父が口ごもった。そして。

「お父さんのときは、そんな時代じゃなかったんだよ。そう簡単に大学に行ける時代じゃなかったんだ」

「時代のせいにするなよ。ずるいよ」

「なんだ親に向かって、その言いぐさはっ」

「偉そうなことばかりいって、自分だってできなかったんじゃないかっ！」

父の目が、怒りで破裂しそうになった。

殴られるかもしれない、と思った。でも僕は動かなかった。殴りたいのなら殴ればいい。僕は父を睨み返した。

思いがけないことに、先に目を伏せたのは、父だった。両手は拳を握っていたが、その拳は膝の上で小さく震えるだけで、僕のほうへは飛んでこない。

いつまでも沈黙だけが続く。

僕は、父の許可がないのに勝手に正座を崩し、立ち上がった。足が痺《しび》れていたけど、我慢した。こんどこそ怒鳴られるかと身構えたが、父はなにもいわない。目さえ上げようとしない。僕は、足音を響かせて自分の部屋にもどった。

学習計画表。

壁から引き剝《は》がし、ぐちゃぐちゃに丸めて床に叩きつけた。すっきりした壁を見つめながら、僕は、自分の中で、なにかが決定的に変わったことを知った。こんなふうに感じるのは、生まれて初めてだった。

この家、いやだ。

4

「でも、ちょっとは後悔してるんじゃない？　お父さんにひどいことといっちゃったって」

僕はたまらず顔を伏せた。痛いところを突かれたから、ではない。霧江さんの目は小さいけれど、正面から見つめられると頭蓋骨《ずがいこつ》の中まで透視されているような気分になる。そして、いま考えていることを霧江さんに知られたら、と思うだけで、僕は消えてしまいたくなる。でも、ここが自分でも不思議なところだが、霧江さんにすべてをさらけ出したいという、かなり強い衝動も同時に感じていたのだった。

「お父さん、課長さんなんでしょ。高卒でそこまで出世するなんてすごいじゃないの。お仕事をそうとう頑張ったんだと思うよ。あたし、尊敬しちゃうな」

うつむいた僕の視界には、ジーンズがぴんと張りつめた霧江さんの太もも。華奢な印象が強いのに、そこだけは意外なほど存在感がある。正座はそのままに、両手を左右の畳に突き、迫るように上体を傾けてきた。

「うちに帰って、お父さんに謝ったほうがいいわ」

はっきりいってそれどころじゃない。身体ごと霧江さんのほうへ吸い寄せられそうで、その強烈な引力に耐えるのに必死で、ほかのことなんて考えられない。

「あたしのお父さんなんか、ひどいもんだったよ」

でも霧江さんは、僕の乱れる心などお構いなしだ。別世界にいるような穏やかな目を遠くに向けて、

「お酒は飲む。暴力は振るう。働かない。それに比べたら、哲坊くんのお父さんは、ほんとうに立派」

僕を完全に子ども扱いしている。だからアパートの部屋に二人きりでいるのに、息のかかるほど近づいてもまるで無防備なのだ。でもお願いだから、ほんとうにお願いだから、もうちょっと離れてほしい。この状態がうれしくないわけじゃないいんだけど。

「叔父さん、いつ帰ってくるんですか」

「そうねえ。もう帰ってきてもいいころなんだけど」

小さな棚の上のデジタル時計は、午後十一時十五分を表示している。夜の静けさが、部屋の中まで染み込んでくる。いまこの世界で目覚めているのは僕と霧江さんの二人きり。そんな錯覚さえ起こしそうだった。

「あのう……聞いていいですか」

　なんでもいい。なにか話をして気を紛らわさなければ頭がおかしくなってしまう。おかしくなったら自分でもなにをするかわからない。僕だって男なのだ。いちおうは。

「叔父さんとは、幼なじみなんですか」

「ううん」

「中学の先輩とか」

「ぜんぜん。あたし、中学までは秋田にいたから」

「秋田って、秋田県？　東北地方の？」

「そんなに珍しい？」

「秋田出身の人に会ったの、初めてなんで」

「知らないだけで、意外に多いかもよ」

　そういったときのいたずらっぽい表情が同年代の女子みたいで、霧江さんの存在がちょっとだけ身近なものに感じられた。

「じゃあ、叔父さんとは、どこで知り合ったんですか」

「東京」

「叔父さん、東京にいたことがあるんですか」

「といっても、一年くらいだけど」

意外だった。ずっとこちらにいたのかと思っていた。東京で霧江さんと出会ったということは、空き地でいじめられているところを助けてくれたのは、東京から帰ってきた後だったのだ。

「叔父さん、東京でなにをしてたんですか」

霧江さんが、ゆっくりと首を横に一振りして、

「なんにも」

「やっぱり」

思わず漏らすと、霧江さんが笑った。僕も誘われるように笑った。

「あのう……」

「なあに」

「……叔父さんのこと、ほんとうに、好きなんですか」

霧江さんが、それまでの笑みの上に、はにかむような表情を重ねた。

「なんでそんなこと聞くの」

僕はどぎまぎとして、

「いえ、べつに、ただ、なんとなく……」

「あたしたちが付き合ってるの、そんなに不思議？」

「そういうわけじゃ……」

たしかに無粋といえば無粋な質問だった。好きだから付き合うのだ。そんなの決まっているじゃないか。僕はなぜ、こんなことを聞いたのだろう。

ドアを叩く音がした。

「あ、帰ってきたみたい」

霧江さんが顔を輝かせて腰を上げる。僕は、ほっとしたような、がっかりしたような。

ドアのロックを外す音。開ける。しかし、おかえりなさい、という声が途中で切れた。

「だめっ」

閉められたドアの前で、霧江さんが抱きすくめられていた。背中にまわった両手が、服の上からかぎ爪《づめ》みたいに食い込んでいる。強引にキスしようとする叔父を押し離し、早口で小さく、

「哲坊くんが来てるの」

背中を摑んでいた手が離れた。霧江さんの肩越しにこちらをのぞいた叔父の、なんとも決まり悪そうな顔。

「なんだ、来てたのか」

霧江さんが、指先で口元を一拭《ひとぬぐ》いして、叔父から一歩距離をとる。

「下に哲坊くんの自転車があったでしょ。気づかなかったの？」

「ああ……」

叔父が部屋に入ってくる。まだ表情に気まずさが残っている。

「ごめん。来ちゃったよ」

叔父の顔をまともに見ることができなかった。

「どうしたんだ。こんな夜遅くに」

後から入ってきた霧江さんが、

「家出してきたんだって」

「家出だぁ？」

叔父の顔に、この日初めて笑みが弾けた。

「ははっ、やったな、哲坊！」

背中をいやというほど叩かれた。

「あ、そうか。この間のこと、兄貴にばれて叱られたんだな。それで、しょげて家出か」

「べつに、しょげてるわけじゃないけど……」

だいたい、塾をサボったのがばれたのも、あんたがうまくやらなかったせいじゃないか。

喉まで出かかった言葉を、ぐっと呑み込む。

「おうちに連絡くらいしたらっていってるんだけど」

「一日くらい、かまやしないさ。哲坊は、きょう泊まってくんだろ」

「いいの？」

「余分は敷き布団しかないから、上は毛布だけで我慢しろよ」

＊

なかなか寝付けなかった。

叔父のアパートは、台所のほかに一部屋しかないので、この部屋で三人いっしょに寝ることになる。僕は西側の隅に布団を敷いてもらい、壁を向いて毛布にくるまっている。僕の背後には叔父、その向こうに霧江さん。部屋の明かりが落ち、静かに横になってから、家のことが急に気になりはじめた。

いまごろ両親はどうしているか。塾の日でもないのに僕が自転車で出かけて、夜になっても帰らない。心配しているだろうか。まだ寝ずに待っているだろうか。叔父は一日くらい平気だといっていたが、父のことだ、もう警察に届けているかもしれない。騒ぎが大きくなったら、帰りづらくなる。

（ということは、僕はもう帰るつもりでいるのか……）

それはそうだ。現実問題として、いつまでも叔父の世話になるわけにもいかない。だいたい、僕が家出したところで、行く当てはここくらいしかないので、すぐにわかってしまうだろう。かといって、学校の友達の家に泊めてもらうのも抵抗がある。そこまでべったりとした関係の友達も、僕にはいない。男同士で互いの部屋に泊まりにいくなんて、気持ち悪いだけじゃないか。女子のパジャマパーティじゃあるまいし。

それとも……。

(……そういう友達のいない僕が、おかしいのか)

ふと懐かしい光景が脳裏に浮かんだ。高いコンクリート塀に囲まれた空き地。雑草が茂っているほかは、なにもない。だれの目にも触れず、たった一人佇んでいる自分の姿。でも寂しいという印象はない。むしろ心地いい。壁に守られて安心している。その壁の一角が、とつぜん音を立てて崩れた。コンクリートの瓦礫《がれき》を踏み越えて空き地に入ってきたのは、ウルトラマン。偽物じゃない。正真正銘のウルトラマンだ。だってカラータイマーが青く光っている。僕が呆然としていると、ウルトラマンが自分の顎に手を入れ、ぐいと持ち上げて仮面を脱いだ。叔父だった。気取った笑みを浮かべ、二本指で敬礼。口をひらき、ささやくような声で、

「だいじょうぶ」

僕はうっすらと目をあけた。暗がりの中にいた。前には壁。コンクリートじゃない。部屋の壁だ。いつの間にか眠りに落ちて、夢を見ていたらしい。でも、最後の叔父の声だけは、やけに生々しく耳に残っている。あれも夢だったのか。

「寝てるよ」

また聞こえた。

夢じゃない。

「でも起きちゃうわよ」

霧江さんが、ささやき返す。

「いいじゃないか。起きたって」

「いいわけないでしょう」

（……なんの話をしてるんだ）

「男と女の入門編・第二章、こんな間近で実地見学できるとなりゃ、これ以上の勉強はないぜ」

「バカなことといってっ」

「しっ。ほんとに起きるぞ」

懸命に寝たふりをした。

そうすべきだと直感した。

「だいじょうぶだ。よく寝てる。さあ、脱げよ」

（……うそだろ）

僕の心臓が痛いくらい暴れはじめた。頭に大量の血液が流れ込んで、気が遠くなりそうだった。

「どうしたの。きょうの清さん、ちょっと変よ。なにかあったの」

「いいから、さっさとやらせろって」

「あ……」

衣擦《きぬず》れの音がした。どん、と一つ鈍い振動。静かになった。その静けさの奥から、少しずつ、息づかいが湧《わ》き上がってくる。だんだんと荒くなる。激しくなる。柔らかいものが擦《こす》れる音。水がぶつかり合うような音。すぐ後ろでなにが始まっているのか、僕にだってわかった。きっと二人が、いつも普通にしていることなのだ。でも、だからって、こんなときにやらなくてもいいじゃないか。二人だけのときにすればいいじゃないか。なんでだよ。なんで、僕がここにいるのに……。ショックだった。混乱した。それでも耳をふさぐことはできないでいた。下手に動いたら起きていることが知られてしまう、というのもあるが、それだけが理由じゃない。あの霧江さんを、いまこの瞬間、叔父が文字どおり独り占めにしている。自分の好きなようにしている。それを妬《ねた》ましく思う気持ちが、もっとはっきりいえば憎しみが、そう、強烈な憎悪が、僕の中に生まれていた。と同時に、裸になって叔父にされるがままになる霧江さんの気配を、このまま感じていたい、味わいたい、という欲望も、間違いなく存在した。その二つがぐちゃぐちゃに混ざり合って、わけがわからなくて、僕は動くことができなかった。無言の中の二人の行為。そこから放たれる熱が、部屋の温度を、着実に上げていく。息苦しくなる。耐えがたくなる。そして、霧江さんの発した、細く切なげな声が耳に入ってしまった瞬間、頭の中が真っ白になった。考える前に布団から起き上がっていた。霧江さんの短い悲鳴が聞こえた。僕は背中を向けたまま服を着て、ドアに走って、靴を履いた。

「……哲坊くんっ！」

外に飛び出た。階段を駆け降りた。自転車を引き出した。サドルにまたがった。ペダルを蹴った。深夜の町を走った。ペダルを踏んだ。むちゃくちゃに踏んだ。赤信号でも止まらなかった。苦しくても止まらなかった。暴走する感情に身体が食い破られそうだった。たまらず叫んだ。むちゃくちゃに叫んだ。

我に返ったときには、家の前までもどっていた。

引っ越して二年にもならない新しい家。

二階建て。

屋根付きの駐車スペースには、父の愛車トヨタ・マークⅡ。狭いながらも庭があって、化粧タイル張りの門構えには〈上原〉と彫られた表札。

ダイニングの灯りが点いていた。でもカーテンが閉めてあり、両親がそこにいるのかどうかは、わからない。

僕は自転車を降りた。少しずつ息が収まってくる。全身から噴き出した汗と熱が、生暖かい気流となって僕を包む。

スチール製の門扉を開けると、きいと音が鳴った。自転車をマークⅡの奥まで引いていき、屋根を支える柱の一つにチェーンで固定した。両親が起きていれば、いまの物音で気づいたはずだ。

僕は玄関にまわった。玄関灯も点っている。凝ったデザインのドアノブ。握る。ロックは掛かっていなかった。

開けた。

コンクリートの小さな土間。

その向こうの上がり口。

フロアマット。

父と母が立っていた。

まともに顔を見られなかった。

「……ただいま」

声を絞り出した。

父がスリッパのまま駆け下りてきた。はっと顔を上げた僕の頬を、その大きな手で、思い切り張り飛ばした。

第四章　佐々木小次郎

地域医療の中核とされている安住《あずみ》病院が、市の財政支援を受けて現在の場所に移転したのは二年前だ。建物・設備の老朽化と、敷地が手狭になってきたことが主な理由とされている。移転にともなって、三百床弱だった規模が四百五十三床に増え、リハビリテーションセンターや救命救急センター、緩和ケア病棟ができ、それに加えてもう一つ新しく開設されたのが、猪口千夏が任されている医療相談室だった。病院の正面玄関を入って左に曲がったところに、事務室と専用の面接室が並んでいる。

「はい、きょうもよろしくお願いします」

医療相談室の一日は午前八時三十分のミーティングから始まる。スタッフの間で一日の予定を確認したり、扱っているケースのおおまかな進行状況や最新情報を共有したりすることが目的だ。とはいえ、所属する医療ソーシャルワーカー（ＭＳＷ）は千夏を含めてわずか三名。病院の規模を考えればあと一、二名は増員してほしいところだが、愚痴をいっても始まらない。以前勤務していた病院など、同じくらいの規模ながらＭＳＷは千夏一人で、文字どおり孤軍奮闘しなければならなかった。

「ええと、僕のきょうの面接は二件。九時から外来の武田《たけだ》さん、十三時からが脳外科の村《むら》上《かみ》さん。武田さんは定期的な経過報告で、村上さんは佐藤《さとう》医師も加えての合同面接です。両方とも面接室を使います」

各自の執務用デスクは壁に向かって置かれ、ミーティングのときは椅子だけ回して向かい合う。事務室にはほかに、鍵《かぎ》のかかるキャビネット、医療福祉関連の雑誌棚、広いホワイトボードなどがそろっていた。ホワイトボードには、スタッフの居場所を示す欄に加えて、面接室の使用予定表が書き込まれている。面接は原則として一回一時間以内。きょうの予定も九時から五時までびっしりと埋まっていた。

「村上さんは、その後どう?」

「相変わらずですね。なんど説明しても、自分の現状を理解できない、というか、理解したくないみたいで。受容してもらうのに、もう少し時間がかかりそうです」

この丸顔の男は坪井良二《つぼいりょうじ》。いつも太い黒縁《くろぶち》のメガネをかけている三十五歳だ。MSWとしてのキャリアは十年以上で、すでに四半世紀この仕事に従事してきた千夏ほどではないにしても、とりあえずベテランといっていいだろう。二年前まで福岡県の市民病院に勤務していたが、結婚を機にこちらに転居することになり、ちょうどタイミングよく求人が出ていた安住病院に応募、高倍率をくぐって採用された。結婚相手の彼女とは大学時代からの付き合いだそうで、現在は大手企業の責任ある立場にあり、簡単に辞めるわけにはいかないし、彼女もそれを望んでいない。結婚していっしょに住むとなれば彼が転職するしかなかったが、彼はまったく自然なこととしてそれを受け入れたのだった。

「わたしは十六時から個別面接が一件。今回が初めての倉田理恵《くらたりえ》さん。外科病棟に入院している父親の転院についてだそうです」

「それって転院を望んでいるの？　それとも転院したくないって相談？」

「それは、きょうの面接で確認しようと」

「事前調査は？」

「いえ……」

沢野知子《さわのともこ》は大学卒業とともに着任したから、まだ二十代前半だ。白衣を着たとたんに一人前になったと勘違いする人がいるが、どうやら彼女もこのタイプらしく、二年が経《た》った今もまだ安心して任せられるレベルにはない。自分の未熟さを知らなければ成長はあり得ないのだ。その一方で、クライアントへの態度がときに高圧的になる傾向があり、苦情が持ち込まれたことも一度ではない。そのたびに口頭で注意するのだが、じゅうぶんに改善されているとはいえなかった。根は悪い人間ではなく、潜在能力もあるはずなのだが。

「病棟のスタッフに聞き取り調査すれば、クライアントが何を望んでいるのか、ある程度は推測できるはずよね」

「それと、初回面接のときにはとくに、表面的な相談事だけに囚《とら》われないで、クライアントの語るストーリーを聞き逃さないこと。そこに問題の根っこが隠れてることがあるから」

「……すみません」

「わかってます」

沢野が目をそらしたまま小さく答えた。

最後に千夏。きょうは面接予定だけでも五件ある。現在抱えている案件の数も三人の中でいちばん多い。難しいケースほど千夏の出番になるので、仕方がない面もあるとはいうものの、いつまでもこのペースでは続けられない。だからこそ、沢野の成長に期待をかけているのだが。

「――で、最後が十五時から。緩和ケア病棟の佐々木小次郎《ささきこじろう》さん」

坪井、沢野の両名が、同時に目を上げた。

「おお、例のあの人ですか」

愉快そうに頰《ほお》を緩める坪井とは対照的に、沢野は嫌悪を露《あら》わにする。挑戦的な眼差《まなざ》しを千夏に向け、

「猪口さん、ちょっと聞いていいですか」

「なに」

「どうしてその人にいつまでも関《かか》わるんですか」

「どういう意味？」

「生活保護で治療費の目処《めど》もついて、緩和ケア病棟にも移れて、ホームレス同然だった人に、これ以上なにを提供するんです」

「それ、本気でいってるの？」

千夏の声が予想外に尖《とが》っていたのか、沢野が怯《ひる》んだように口をつぐむ。

「そりゃあ、あちらから、もう面接は結構です、金輪際あなたとは会いたくありません、なんていわれたら引き下がるしかないよ。でも、彼にはまだ援助契約を継続する意思がある」

沢野も負けていない。細い顎《あご》をぐっと引き、

「それは単に、猪口さんに依存的になっているだけじゃないんですか。そんなの、本人のためにも良くないと思います」

「いい視点ね」

千夏がにっこりすると、沢野の顔に戸惑いが過《よ》ぎる。

「でも彼、約束はちゃんと守ってる。わがままをいってわざと困らせることもないし、少なくとも現時点で、過度に依存的になっているとは思えない」

「でも、これ以上、どんな援助ができるんです。クライアントと会って雑談するだけなら、

そんなのは援助ではないと思います。少なくともＭＳＷの仕事じゃありません」

沢野にじっと視線をあてながら、千夏は静かにいった。

「気になるんだよね」

「……なにが」

「彼には隠された主訴がある」

「隠された主訴……？」

「本当に解決しなきゃいけない問題が残ってる。そう思えてならない」

「そんなことといったら、みんなそうじゃないですか。ＭＳＷって、表に出ていない問題までほじくり返して、なんとかしなきゃいけないんですか。そこまで責任持たなきゃいけないんですか」

「少なくともプロとして、問題の本質を見極めようとする姿勢は必要だと思うけど」

「たとえ本当の問題を探り当てたからって、それを解決するための時間は残ってないじゃないですか、あの人には」

「いまの言葉、ＭＳＷとしちゃ聞き捨てならないよ」

沢野が息を呑《の》む。

「解決できそうもない問題にかかずらうのは時間の無駄？」

「違うんですか。その時間をほかのクライアントのために使えば……」

「あんた、ＭＳＷの仕事、まだわかってないね」

沢野の顔に朱が射した。

「あたしたちが患者さんの目に付きやすい場所に相談室を構えて『なんでもご相談ください』って看板を掲げているのはなんのため？　ここに来ればいつでも話を聞いてくれる。力になってくれる人がいる。自分はもう独りぼっちじゃない。そう患者さんに感じてもらうためでしょ。それがＭＳＷの最大の存在意義じゃないの？」

一つ息を吐き、口調を和らげて、

「彼は、もうすぐ死ぬ。何十年も続いてきた人生が終わっちゃう。なのに、彼のもとに駆けつけてくれる家族もない。残り少ない時間を、独りぼっちで過ごすしかない。それがどんなに心細いことか、考えたことある？」

「………」

「最後まであなたを見捨てませんよ、いつでも力になりますよって人間が一人くらい、そばにいてあげてもいいじゃない」

沢野がうつむいて、

「一人一人のクライアントのことをそこまで考えてたら、こっちが潰《つぶ》れちゃいますよ」

「そうね。あなたのいうとおり、無理して自分が燃え尽きちゃったら元も子もないよね」

あっさり同意されて拍子抜けしたのか、訝《いぶか》しげな顔を向けてくる。

「だからあくまで、可能な範囲で、ってこと。あたしは、可能な範囲でできることをやってるつもり。ほかのクライアントにしわ寄せがいかないように」

すかさず坪井が明るい声で、

「その可能な範囲を少しでも広げるためにも、我々MSWは、日夜研鑽《けんさん》を積まなくてはならないってことですかね」

「坪井くん、いいこというじゃん!」

千夏は笑ってみせた。沢野もそれ以上いいかえすつもりはないようだった。険悪になりかけた空気が、かろうじて救われた、といっていいか。

千夏は内心で坪井に感謝しながら、

「じゃ、ミーティングは以上。きょうも一日、頑張りましょう」

沢野が無言で頭を下げ、何冊かファイルを手にし、ホワイトボードのマグネットを〈医事課〉に動かして部屋を出ていく。

それを見送った坪井が、

「猪口さん、沢野さんに対するときだけ感情的になってません?」

「あたしが?」

「彼女の若さに嫉妬《しっと》してるとか」

「まさか」

一笑に付してから、いたずらっぽくドアを見やって、

「かもね」

現実問題としては、おそらく沢野の言い分のほうが正しいのだ。千夏にもそのくらいわかっている。だが、現実的な思考はときに、人間を人間として見る視点を凍りつかせる。一人一人みんな違うはずなのに、十把《じっぱ》一絡《ひとから》げに捉《とら》えてしまう。それが怖い。そうなるのを避けるためにも、原点を見失わないように――。

「ねえ、坪井くんはどう思った？」

「沢野さんのことですか」

「じゃなくて、佐々木小次郎さん。あたし、彼に関わりすぎてる？」

「そんなことはないと思いますよ」

「ほんとに？」

「どうしたんですか。さっきはあんなに自信たっぷりだったのに」

「あたしだって迷いながらやってんのよ」

思わずため息が漏れる。

「つくづく難しいと思うわ、この仕事」

「猪口さんにそんなこといわれちゃ、僕らの立つ瀬がないですよ」

坪井は柔和な笑みでいったあと、

「そろそろ武田さんが面接室に来る時間なので」

資料を手に出ていった。

静かになる事務室。

窓の向こうに青い空が見える。

「さて、あたしも取りかかるか」

クライアントとの面接以外にも、各種情報収集、関係諸機関との調整、ケース・カンファレンスへの出席、報告文書の作成など、きょうも仕事が山積みだ。

＊

〈佐々木小次郎〉は、むろん本名ではない。当人が名前をいわないから、やむなく病院が付けた仮名である。名付け親は千夏だ。面接しているときの彼のイメージから思いついたのだが、本人もことのほか気に入ってくれたようで、生活保護の申請もカルテの氏名欄もこれで通している。

「いよう、先生。佐々木小次郎、約束どおり参上したぜ」

彼はいつも芝居がかった明るい声で、二本指の敬礼をしながら面接室に入ってくる。この日も、点滴台を杖《つえ》代わりにして、自分で歩いて来室した。終末期がんとはいえ、死の二、三週間前でも自力歩行ができるケースは珍しくない。彼もいまのところ、緩和ケア病棟の患者とは思えないほど元気で食欲もあるようだが、いったん容態が崩れると、急激に悪化するのが終末期がんの特徴でもある。いまの彼の小康は、ジェットコースターが下り坂にさしかかる直前の、あの一瞬の静止状態に似ていた。

「ご気分はいかがですか」

「悪かないね。最後の最後にこんなところで死ねるなんて、おれにしちゃ上出来だよ」

睫毛《まつげ》の長い目に湛《たた》えられた表情はあくまで快活だが、白目の部分が黄色く濁っている。浅黒い肌も、血色の悪さを隠しきれなくなっていた。面接室で見せる元気は虚勢に過ぎないのだ。

だが、虚勢を張るということは、なにかから自分を守ろうとしている、ということでもある。同じように、自分の名を『忘れた』といい張ることも、一種の防衛と見るべきだろう。ならば、彼のその姿勢は尊重されねばならない。無闇《むやみ》に介入してはいけないのだ。むしろ、その防衛が崩れゆくときにこそ、彼を支える存在が必要となる。

形だけの近況報告をしたあとも、たいていは看護師や医師の噂話《うわさばなし》や陰口、同室の患者とのエピソードなど、他愛のない話題に終始する。しかし彼自身の過去に関する話はほとんど出ない。十数年も前にアルコール依存症かなにかで入院は経験済みだから病院は慣れている、という話をしたくらいだ。千夏もあえてそれ以上のことは尋ねない。本名を聞き出す試みもしない。たしかに千夏は、彼にはまだ解決すべき問題があると感じている。だが、こちらからそれをいうことはできない。彼のほうから切り出してくれるのを待つしかない。なにをきっかけに新たな展開を見せるのか、いつその瞬間が訪れるかは、だれにもわからない。雑談にしか思われない言葉のやりとりの中でも、千夏の神経は、その一瞬を見逃すまいと常に張り詰めているのだった。

「――でさ、そいつの鼾《いびき》がまたうるさくて、文句いったんだよ。そしたらそいつ、鼾はお互いさま、おまえの鼾だってうるさいっていいやがる。だからおれは、いってやったんだ。そんな鼾、おれは聞いたことがねえって」

控えめに笑い声を合わせながら、

「でも、小次郎さんだって、寝言はいってましたよ」

千夏がいうと、表情も豊かに眉《まゆ》を上げて、

「おれ？　かしいな。先生と寝た憶《おぼ》え、ねえんだがな。おれの寝言なんていつ聞いたぃ？」

「もう……先日、病室にうかがったときですよ」

「おう、先生、来てたのかぃ」

「たまたま近くまでいったので、顔をのぞいたんですけど、小次郎さん寝てらしたから、そのまま帰ってきたんです。メモに書き置きしたのを残したはずですけど、読みませんでした？」

千夏は静かな興奮を感じていた。あのとき聞いた『テツボウ』という名が、もしかしたら新たな展開への呼び水になるかもしれない、とは考えていた。かといって、あからさまに問いただすことはできない。自然に持ち出せるタイミングを待っていたのだ。

「おれ、寝言でなんていってたぃ？　わかった。先生、愛してるっていったろ」

「残念ながら、そんなロマンチックな言葉じゃなかったですよ」

千夏は深く息を吸い込んだ。

「たしか、テツボウって」

「……テツボウ」

「ごめんな、テツボウって、そう聞こえましたけど」

彼の眼差《まなざ》しから快活さが消えた。心当たりがあるのだ。ここで重ねてテツボウなる人物について尋ねたいところだが、それをやったら彼の防衛をさらに強めてしまうだけだ。いまは祈るしかない。彼から話してくれるのを待つしかない。

沈黙が続いた。彼の顔からはいっさいの表情が抜け落ちていた。目はどこか遠くをさまよっている。どのくらい時間が経ったか。やがて彼は、小さく息を吸って、顔を上げた。まるで、千夏がそこにいることに、いま初めて気づいたように。

第五章　遅れてきた恋敵

1

打《ぶ》たれた頬は痺《しび》れ、早くも熱を帯びはじめた。

「殴られた理由、わかってるでしょ」

真里奈《まりな》の、いつもは可愛《かわい》い目がつり上がっている。

「わかんねえよ。なんのことだよ」

「先週の日曜日、陽子《ようこ》とどこに行ったの」

「知らねえよ。人違いじゃないの」

「陽子から聞いたの。あの子、得意そうに話してくれた」

俺は、あは、と明るく笑った。

「だったらぜんぶ知ってんじゃん。知ってることをいちいち聞くなよな」

つり上がっていた目が、まん丸になる。

「なに、その態度……自分がなにしたか、わかってるの」

「そんな昔のことは憶えてない。って、これ、ボギーの台詞《せりふ》。知ってる？」

「あたしたちの関係って、いったい、なんなの。あなたにとってあたしはなんなのっ」

「そんなの決まっててんじゃん」

俺は顔を突き出して、

「セックスフレンドでえす」

真里奈の顔面が紅潮し、ぴくぴくと痙攣《けいれん》した。

「最っ低っ！」

＊

「で、二回も殴られてそれっきりか。早すぎだろ」

木村隆《きむらたかし》が短く笑った。ビリヤード台でキューを構えている。その目が一瞬鋭くなり、自動機械のようななめらかさで白球を撞《つ》く。小さな乾いた音とともに緑色のラシャを走りはじめた白球は、黄色い球を右に弾《はじ》きとばした後、自身はコーナーへ。その左右のバンクに一回ずつクッションを入れ、ふたたび緑の平原を横切り、手前のバンクでもう一度跳ね返り、赤球へと近づいていく。

「よし、もらった」

しかし球の力は一歩及ばず、残り三センチほどの距離を残して停《と》まる。木村がのけぞって悔しがった。

「おしかったな」

得点記録用のホワイトボードに0と書き入れた俺は、キューのティップに滑り止めの青いチョークをこすりつけ、木村と交代して、台上の三つの球と対峙《たいじ》した。

「今回は一カ月も持たなかったんじゃないの」

「二十七日」

俺は台から目を離さず応《こた》えた。

「ほとんどビョーキだね」

「ほんとの病気にはなってないよ。そこはちゃんと気をつけてる。エイズも怖いしな」

「大学に入ってから付き合った女の子、ぜんぶで何人になる?」

「まだ二桁には届いてない」

「うそ。とっくにいってるだろ」

「いってないって」

俺は球筋を決め、キューを構えた。撞くポイントは、持ち球である黄球の、中心よりやや右斜め上。右肘《みぎひじ》を高く固定し、その先の腕をゆっくりとスイングバック。余分な力を抜き、狙《ねら》ったポイントを撞き抜く。前回転による推進力を得た黄球が、ラシャの上を加速していく。

巷《ちまた》でビリヤードといえば、映画〈ハスラー2〉の影響でナインボールが主流だが、俺がはまっているのはスリークッションというゲームだ。大学の近くにこのビリヤード場ができた当初は、俺ももっぱらナインボール、というより、ナインボールしか知らなかったのだが、バーカウンター前の大台で行われている見慣れないゲームに興味を持ち、ルールを教えてもらって始め、いまではこちらに病みつきだ。

スリークッションに使う台は一回り広く、球が落ちるポケットがない。使う球は赤球、白球、黄球の三つ。プレイヤーは白球か黄球を自分の手球とし、その手球を撞いて残りの二つの的球に当てるというシンプルなゲームだが、手球が二つ目の的球に当たるまでに、台のバンクに三回クッションさせなければならない。成功すれば一得点。とはいえ、これが至難の業で、俺の腕前レベルでは十二回のトライで一点とれるかどうか。自己最高記録は三点だが、これだってまぐれが続いたに過ぎない。でも、そこまで難しいからこそ、読みが的中したときの喜びはひとしおなのだ。

「なし」

俺の黄球は、白球に当たって三クッションまでは入ったものの、最後の角度が大きく狂い、赤球には近づきもしなかった。横回転の掛け方が足りなかったようだ。

けっきょくこのゲームでは、俺も木村も一点も獲《と》れないまま終わった。さすがにちょっと肩身が狭い。

「惜しいのがいくつもあったのにね」

大台の順番待ちをしていたお客さんの声に、

「どうも」

と照れ隠しの愛想を返し、キューを壁の置き場にもどす。カウンターのスツールに座ってコーラを注文した。二人とも車なので酒は飲めない。飲酒運転して人生を棒に振るほどバカじゃない。

小さな厨房《ちゅうぼう》はカウンター席から丸見えだ。エプロンを着けたバイトの女の子が、グラスに氷とコーラを注《つ》ぎ、レモンの薄切りを一枚添えて、

「お待たせしました」

とカウンターに置いた。彼女も俺たちと同年代だが、大学生ではなく、地元の専門学校生だ。メガネが素朴に似合っている。同じくカウンターの中に立っているマスターが、にこにこしながら、

「上原君、ちょっと集中力が乱れてるんじゃない。このままだと木村君に追い越されるよ」

俺はストローでコーラを一口飲んで、

「木村が話しかけてくるから気が散って」

「女の子にひっぱたかれた話でこっちの平常心を乱そうとしたの、そっちじゃん」

「上原君、また振られたんだ」

俺は苦笑してみせ、

「またってさ」

「違うよ、マスター。正確には、またまた振られたの」

マスターは四十代後半くらい。いかつい顔にパンチパーマで、一見するとその筋の人みたいだが、いたって堅気だ。『高度経済成長時代には働けば働くほど給料が増えた』という話を三回くらい聞かされている。そのころからビリヤードに凝っていて、都内に持っていた家を売って億単位の金を手にし、そのお金でこの店を建てたらしい。地上げ屋が横行しているせいで、都内の土地価格は冗談みたいに高騰している。マスターはそのおかげで、東京からちょっと離れたこの土地で、自分の夢を叶《かな》えることができたというわけだ。

広々とした鉄筋コンクリート二階建ての一階部分が店舗になっており、大台のほかに、ポケットのある台が七台配置されている。アルコール類はビールとウイスキーくらいだが、ピラフや焼きそば、焼きうどんといった庶民的な軽食も出す。店内には有線でジャズが流れているが、照明が明るいせいか、いわゆるプールバーよりも健全な雰囲気がある。『若い人にも気軽にビリヤードを楽しんでもらいたい』というのがマスターの方針なのだそうだ。ちなみに二階部分は住居になっていて、マスターは奥さんとそこで暮らしている。

「マスター、こいつはね、うまくいきそうになると、自分から壊しちゃうのよ。女の子に冷たくしたり、わざとバレるような二股《ふたまた》かけたり」

「へえ、なんで」

バイトの女の子も興味深そうに、

「あたしも聞きたい。なんでですか」

「だって、いざ付き合って、違うなって感じることない？」

「違うって、なにがですか？」

「イメージしてたのと違うって」

「だから、なにがって」と木村。

「うまく説明できないけど」

「なんだよ、そりゃ」

「それで、わざと振られるように仕向けるんですか」

「わざとしてるわけじゃないんだけどさ」

「じゃあ無意識なんですね」

「無意識なんて、難しい言葉知ってるね」

「馬鹿にしないでください。専門学校生だからって」

「そんなつもりはないよ」

この話題は長引かせたくない。俺はうつむいてコーラを飲んだ。

マスターが察してくれたのか、

「そういえば二人とも、来年四年生になるんだよね。そろそろ就職活動とか、やってるの」

話題を変えてくれた。

「おれはまだだけど。そろそろ動いたほうがいいのかな」

後にバブルと呼ばれることになる空前の好景気を背景に、企業はどこも深刻な人手不足で、仕事はあるのに人がいないせいで倒産する、というケースまで出ていた。就職戦線は完全な売り手市場だ。

「木村君はどういうとこに行きたいの」

「迷ってんだよね。銀行とか保険会社は、給料はむちゃくちゃいいけど、休みがないっていうじゃない」

「新入社員がボーナスでフェラーリを買ったって、あれ証券会社だっけ」

「どっちをとるかだなあ。金か、休みか」

「なんか、志、低くないですか」

「現実的といってほしいな」

「上原君は？」

「俺は、証券会社にでも入ろうかと」

「そうか。上原は株をやってるんだよな」

「へえ、それは初めて聞いたよ」

「そんな大した金額じゃないけど」

「儲《もう》かってる？」

「小遣い程度は」

「でも、いまの景気は実態のない泡みたいなもので、いつかは破裂して跡形もなく消えてしまうって人もいますよ。いいんですか、そんなノリで」

「なんでそう君はネガティブなの。あ、ネガティブって意味、わかる？」

「もう、また馬鹿にして」

　ブレイクショットのひときわ豪快な音が聞こえた。九個の球が勢いよく飛び散る様子が目に見えるような。ポケットに落ちた球もいくつかありそうだ。

　俺たちの顔は、自然とそちらへ向く。

　ビリヤードブームを反映してか、七台のポケット台はすべて埋まっている。ほどよいざわめきとジャズ音楽の流れる中、プレイに興じているのは、カップル、男同士、男女混合など、さまざまな組み合わせのグループだ。学生っぽいのもいれば明らかな社会人もいる。

いま、その大半の人が手を止めて注目しているのは、手前から二番目の台だ。さっきの派手なブレイクショットは、そこから聞こえたのだ。

プレイしているのは男性三人。

壁際のベンチに座っている二人は三十歳前後。二人ともサラリーマン風のワイシャツ姿で、いかにも会社の同僚という感じだ。いま台で白球を撞いている男性だけがちょっと毛色が違う。

ジャケットもパンツも白。深紅の開襟シャツに、緑のある白い帽子をかぶり、円いサングラスをかけている。うっすらと無精ひげが生えていて、どことなく崩れた感があるが、それが妙に様になっていた。松田優作を気取ろうとして失敗したけど、それなりの味は出している、とでもいえばいいのか。

腕のほうもなかなかで、ブレイクショットから次々と球をポケットにねじ込み、サラリーマンコンビにはまだ一度も撞かせていない。

「さっきから見てたけど、あの人、けっこう上手《うま》いよ。フォームはちょっと古いけど」

「よく来る人なの？」

「ううん、初めて見るんだけど。ただねえ……」

マスターが声を落として、

「……あの台、現金を賭《か》けてるみたいなんだよね」

ゲームに緊張感を与えるために、仲間内で賭けるだけならば問題ないが、見知らぬ者同士が対決する場合の賭けはトラブルの元になりやすい。さらに悪いことに、映画〈ハスラー〉を地で行くみたいに、素人をカモにして稼ぐ輩《やから》までいる。いかに堅気でも、負けが込んでくると頭に血が上って喧嘩《けんか》っ早くなるものだ。店としては、この手のトラブルがいちばん困るのだろう。

あの台も、松田優作もどきが一人勝ちしているのは間違いなさそうで、負けているサラリーマン風の二人には、焦りと苛立《いらだ》ちが色濃い。このゲームも、すでに台の上には、白い手球のほかには9の数字の入ったカラーボールが残っているだけ。松田優作もどきが、それもあっさりと沈めて勝負あり。観客と化していたほかの台のプレイヤーたちから、どよめきと拍手が起こった。

「マスワリかよ。プロみてえ」

木村が口走った言葉が耳に入ったらしく、サラリーマン風の一人が睨《にら》んできた。相手の快挙を讃《たた》えるマナーも忘れるほど、余裕を失っている。

「おお、こわ」

木村が顔をもどして笑う。因縁でも付けられたらかなわない。俺も、無関心を装ってカウンターに向き直った。あらためてコーラに口をつけたとき、その台から、挑発するような声が上がる。

「負けたからって、そんな怖い顔するなぃ」

コーラを吹きそうになった。

「どうした」

振り向いた。

松田優作もどき。二人のサラリーマン風の男たちを相手に、へらへらと笑っている。いわれてみれば、あの姿、あの格好……。

「……うそだろ」

「おい、どうしたんだ、上原」

俺は、夢遊病者みたいに、カウンターのスツールから下りていた。ふらふらと引き寄せられるように、その台に近づいていく。サラリーマンコンビの一人が気づく。

「なんだ、おまえ。なんか用か」

松田優作もどきに対する敵意を、そのまま向けてきた。

「うん？」

松田優作もどきも振り返る。

サングラスに俺の顔が映る。

口元に、にや、と笑み。

おもむろにサングラスを外す。

「なんで……ここに」

我が叔父・上原清治郎。

敬礼した二本指で、白い帽子のツバを、ぴん、と弾く。

「いよう！」

2

「しゃれた車、乗ってるじゃねえか。哲坊のとは思わなかった。なんていうんだ」

「ホンダのシティ。中古だけどね」

発光するインジケータの針は、時速六十キロを示している。片側二車線の大きな通りに街灯は少ないが、行き交う車のヘッドライトに照らされて路面は明るい。前の車の赤いランプが強く光り、俺もブレーキを踏む。この先の交差点の信号が赤に変わっていた。

「自分で買ったのか」

「ほんとはMR2が欲しかったんだけどさ。さすがに高くって」

「MR……？」

「トヨタの2シータ。知らない？」

「最近の車には、あんまり興味なくてな」

ビリヤード店を出て、俺の車の助手席に収まってから、叔父の口数が少ない。気の抜けた目を、ぼんやりと前に向けている。

叔父と言葉を交わすのは何年ぶりだろう。最後に会ったのはたしか、高校一年のとき。その後は、両親の会話から近況をうかがい知る程度だった。そして、その近況とやらも、概して芳しいものではなかった。

「ビリヤード、上手いじゃない」

「昔、やってたことがあるんだ」

「マスターも感心してたよ。でも、フォームがちょっと古いって」

「そりゃそうだろう。十年以上前だからな」

「東京にいたころ？」

「東京もずいぶんと変わったな。迷子になるところだった」

木村とはビリヤード店で別れた。このあとバイトがあるとのことで、

『おまえの叔父さん、変わってるな』

と、こっそりいい残して去った。

信号が青になる。

ギアを入れてアクセルを踏む。

「この街は、なんていうか……落ち着かないな。おれには、お上品すぎる」

俺の進学した大学は、都内ではないが、全国的に名の知れた国立大学ではある。比較人文学という聞き慣れない学部を選んだのは、自分の偏差値レベルに合っていたのと、そしてこっちがメインの理由なのだが、楽そうだったから。

「あの店にいること、よくわかったね」

「たまたまだ」

そんなわけないだろう。

俺はちらと叔父の横顔を見やった。

「兄貴に頼み込んで哲坊のアパートは教えてもらってた。でも行ってみたら留守だった。しょうがないから、ぶらぶらと歩いてたら、あの店を見つけて、久しぶりに球を撞いてみたくなった。そしたら、哲坊がいた」

俺のアパートからあの店まで、一キロ以上離れている。歩きまわったからといって、たまたま見つけられるものじゃない。ほんとうにそうだとすれば、偶然というよりも、因縁じみたものを感じる。

それにしても、折り合いの悪い父に頭を下げてまで会いに来るとは……いや、あの父を説得するくらいだから、よほど熱心に、というか、しつこく頼んだに違いない。いったい、どんな用件で……。

「ゲームに熱中してるみたいだったから、邪魔するのも悪いと思って、こっちも適当にカモを見つけて、時間を潰すことにした」

「喧嘩にならなくてよかったね」

「哲坊がいてくれなかったら、やばかったかもな」

ステアリングを握る指が強《こわ》ばった。

(もしかして……あのこと、なのか)

なんでいまごろになって、という思いはある。しかし、ほかに心当たりがない。

「どうして、俺のアパートに」

「急に、哲坊の顔が見たくなってな」

なぜはっきりといわないのか。とぼけるつもりなのか。叔父にも迷いがあるのか。それとも、あのことで来たというのは、俺の思い過ごしなのか。

「前もって電話してくれれば、駅まで迎えにいったのに」

「驚かしてやろうと思ってさ」

「そりゃ驚いたよ。間違いなく」

そう。今回に限った話じゃない。考えてみれば、ずっと叔父には、振り回され、驚かされっぱなしだ。きょうの再会も、そういう意味では、いかにも叔父らしくはある。

「なんだよ」

「え」

「いま、笑ったろ」

「思い出してさ」

「なにを」

「俺が空き地でいじめられてたとき、ウルトラマンのお面を被《かぶ》った叔父さんが助けてくれたこと、あったでしょ」

「憶えててくれたか」

まあね、と応える。

「叔父さんはいま、なにしているの」

「仕事か?」

「うん」

「相変わらずさ」

「ふらふらしてるんだ」

へへ、と誤魔化すように笑う。

そのとき、俺が子供のころから抱いていた、この人に対する尊敬の最後の一片が、静かに消えていった。寂しくはあったが、俺が大人になって現実がわかってきたということなのだろう。現実世界での叔父は、ヒーローでもなんでもない。むしろその逆。かっこ悪い。

正直、こんなふうにはなりたくない。

「そういう哲坊は、だいじょうぶなのか」

「なにが」

「その服、けっこうするんだろ」

　いちおうブランドもののジャケットを愛用している。

「そうでもないよ」

「兄貴から仕送り、してもらってるのか」

「バイトもしてるよ」

「どんな」

「家庭教師。時給がいいんだ」

　株で小遣い稼ぎをしていることには触れない。いわないほうがいいと思ったし、いいたくもなかった。

「ちゃんとやってるんだな」

「それなりには」

「大したもんだ。あの泣き虫の哲坊がなぁ」

　叔父はほんとうに、俺の顔を見るためだけに、ここまで来たのかもしれない。ちょっとだけ、そんな気がした。

「俺、泣き虫だった？」

夕食がまだだったので、通り沿いにある店に入った。最近になって増えているファミリーレストランというやつだ。人気があるようで、この時間帯はたいてい満席だが、回転も速いので、それほど待たなくても済む。五分もしないうちに、四人掛けのテーブル席に案内された。

オーダーを取りに来たウェイトレスに、

「俺はダブルハンバーグ定食」

叔父もメニューを閉じて、

「同じものを」

と告げる。

おしぼりで顔を拭《ふ》いた叔父が、物珍しそうに店内を見回した。

「いつも、こういうとこで食ってるのか」

「ここは二十四時間営業だから、コンパの帰りなんかによく使うよ」

こうして向かい合って座ると、あらためて距離を感じる。叔父と甥《おい》ではなく、個人と個人、男と男、そんな空気になってしまう。

この店は、注文してから料理が出てくるまでが驚くほど早い。ろくに話もしないうちに、ダブルハンバーグ定食がテーブルに並んだ。

「こりゃうまそうだ」

叔父がさっそく食べはじめた。俺もナイフとフォークでハンバーグを口に運んだ。叔父が口を動かしながら、これから立ち上げる事業の話を始めた。しかし内容は支離滅裂で、ほとんど理解できなかった。なにより、叔父の声に力がない。本気で事業をするつもりはなく、間を埋めるために言葉を繋《つな》いでいるだけのようだった。

「ところで、彼女、いるのか」

話題も脈絡なく変わる。

「最近までいたけどね」

「振られた？」

「そんなとこ」

「楽しんでるみたいだな」

「そう見える？」

広いテーブルを行き交うのは、中身のない、空っぽな言葉ばかり。

俺には理由がある。あのことで、叔父に負い目があるからだ。以前のようには振る舞えない。

では、叔父の理由は？　ほんとうに、俺の顔を見に来ただけなのか。だとしたら、きょうの表情の硬さ、というよりも、暗さはなんなのか。やはり叔父には、なにかいいたいことがあるのだ。でも、それを口にすることには、躊躇《ためら》いを感じている。心の半分以上を、そちらに取られている。だから、言葉に血が通わない。

二人とも食べ終わり、コーヒーも飲み干した。コーヒーのお代わりはいかがですか、と声をかけてきたウェイトレスに、叔父が、

「もういいよ」

と応え、

「じゃ、行くか」

伝票を取った。

俺は手を出した。

「いいよ。ここは俺が払うから」

「学生が生意気いうなぃ」

「俺だってバイトで稼いでる。それに、ここは俺のホームグラウンド。叔父さんは遠来のお客さん。だから俺が払う。筋は通ってるでしょ」

叔父が優しく目を細めた。

「そうか。哲坊が、そんなこと、いうようになったか。そういうことなら」

すっきりとした表情で、俺の手に伝票をのせた。

会計を済ませ、二人そろって店を出る。

「駅まで送ってくれや」

シティのエンジンに火を入れたとき、助手席に収まった叔父がいった。

「俺のアパートに泊まってくんじゃないの。さっきはそんなことを――」

「そのつもりだったんだが、もういい」

「時間、遅いよ。東京まで出ても、新幹線がないかも」

「間に合うさ。間に合わなくても、なんとかする」

「なんとかって……」

俺は戸惑った。急にどうしたのか。とくに気を悪くしたわけでもなさそうだが。

「哲坊が立派にやってるのがわかったんだ。ほんとに安心した。これ以上、ここに用はねえよ」

「やだな。なんか、最後のお別れみた――」

声を呑んだ。

叔父の顔をまじまじと見た。

「まさか、叔父さん……」

「なんだ」

「……病気なの？」

「あん？」

「不治の病かなにかで、最後の別れに」

叔父が、数秒固まったあと、笑いだした。

「すまん、すまん。余計な心配させちまったみたいだな」

「違うの」

「残念ながら、おれは健康そのものだ。病気の一つでもすりゃ、少しは可愛げがあるってもんだろうがな」

頭から信じる気にはなれない。無理してるのが、俺にさえわかるのだ。いくら顔では笑っても、底から透けてくるような陰鬱《いんうつ》さは普通じゃない。もし、これが叔父と言葉を交わす最後の機会だとしたら……。きょうを逃せば、あのことを謝るチャンスは、永遠になくなる。逆に、叔父が病気でもなんでもないとすると、わざわざこの街まで来た理由がわからない。いずれにせよ、なにか理由があるはずなのだ。

叔父は、ここまで来て、なにもいわずに帰るつもりなのか。

それでいいのか、叔父は。

それでいいのか、俺は。

駅に着いた。

駅前ロータリーを回り、乗降車用のスペースで車を停める。ギアをニュートラルにしてサイドブレーキを引く。

「じゃあな」

叔父がドアに手をかけた。

「待って」

俺は思い切っていった。

「ちょっと待ってよ」

叔父がシートに座り直す。

「どうした」

「叔父さんさ」

息を吸った。

「俺に、もっと別の話が、あったんじゃないの。そのために、ここまで来たんじゃないの」

「なんで、そう思う」

「わかるよ。きょうの叔父さんは、なんか隠してる」

小さく笑って、

「まいったな。哲坊を見くびってたようだ」

息を深く吐く。

「あのなあ……」

それまでと声が違う。

「……霧江のこと、憶えてるか」

ステアリングに突っ伏したくなった。

やはり、そうだった。

い、い、
あのこと。

「憶えてるよ」

じたばたしても仕方がない。

自分が招いたことだ。

「霧江がな……」

「うん」

「……死んだよ」

俺は、ゆっくりと、顔を上げた。

「病気でな。ここ三年くらい、ずっと入退院を繰り返してたんだが」

「……嘘《うそ》でしょ」

呆然《ぼうぜん》とする俺の口からは、そんなありきたりの言葉しか出なかった。

「こんな嫌な嘘を吐《つ》くために、ここまで来ねえよ」

あの、霧江さんが、もう、この世のどこにも、いない。二度と、会えない……。

「最後まで、いおうかどうしようか、迷ったんだがな。哲坊にとっちゃ、特別な女だ。やっぱり、知る権利はあるよな」

身体《からだ》から力が抜けていった。シートに吸い取られていくようだった。

「知ってたんだ、俺と霧江さんのこと」

「まあな」

「いつから」

「さあ。ずいぶん前からだ」

「霧江さんから？」

「ああ」

「……ごめん」

「いいってことよ。男と女だ。いろいろある。おまえはまだ、高校生だった」

俺は思わず叔父の横顔を見た。なぜそんなに冷静でいられるのか。俺が憎くないのか。怒りを感じないのか。

「そもそも、哲坊と霧江を引き合わせちまったのは、おれだ。おまけにそのとき、霧江に、アソコを哲坊に見せてやれ、なんていったしな。とんでもねえよな、おれも」

叔父が笑った。

俺も無理に笑った。

すぐに萎《しぼ》んだ。

「……ほんとに、死んじゃったの、霧江さん」

「安らかな死に顔だったよ」

叔父の声はいまにも崩れそうだった。

「あのさ」

迷った。でも、いま聞いておかないと、二度と聞く機会はない。絶対に後悔する。

「あのとき、霧江さん、泣いたんだよね」

ずっと心に引っかかってきたこと。

「霧江さん、泣きながら『ごめんなさいね』って、俺に謝ったんだよ。なんで謝るのか聞いたけど、答えてくれなかった」

きのうのことのように思い出せる。

「叔父さんにはわかる？　なんで霧江さんが俺に謝らなきゃいけなかったの？　あの場合、謝るのは俺のほうでしょ、ふつう」

叔父の眼差しが固くなった。

「さあ、わかんねえな」

嘘だ、と思った。叔父には、そのときの霧江さんの気持ちがわかっている。俺にはわからない。それが死ぬほど悔しい。

だ。

はまた会える日が来ると信じていた。互いのことを笑って話せる日が来ると信じていたの
たしかに、あのとき、もうここには来ない、二度と会わないと約束した。でも、いつか
「俺、なにも知らないんだよ、霧江さんのこと。なにも知らないまま……」
「………」
「霧江さんって、どんな人だったの」

「それなのに、もう二度と会えないなんて……そんなの堪《たま》んないよっ！」

「おまえの思い出の中の霧江は、綺麗《きれい》で、優しい、女神みたいな最高の女なんだろ」

叔父の声は、忌々《いまいま》しいほど落ち着いていた。

「だったら、その霧江を大切にしてやってくれ」

「なんだよ、本当の霧江さんは自分だけのものみたいに。俺だって、俺だってさあ……」

「そうだな。いい方が悪かったよ」

俺は頭を振った。

なにをいってるんだ、俺は。そんなことをいう資格はないのに。本来なら、叔父から罵《ば》倒《とう》されようが、殴られようが、文句はいえないのに。それだけのことをしてしまったのに。

「霧江がおまえにいえなかったことを、おれの口からいうわけにはいかねえ」

切なそうに笑う。

「まあ、そういうこった」

ドアを開けた。

降りた。

車内の俺をのぞき込んで、

「元気でな、哲坊。ほんとうに、元気でいてくれ」

力ない笑みを浮かべ、二本指の敬礼をした。いつもの勢いはなかった。

背を向け、駅へと歩いていく。階段を上っていく。最後まで振り返らない。

3

あれが現実の出来事だったとはいまでも信じられない。妄想を持て余したあげく白日夢でも見てしまったのではないかと本気で思うこともある。本物の霧江さんがあんなことをするわけがない。あんな言葉を口にするわけがない。そんなことはあり得ない。でもそのあり得ないことが、あの日、あの瞬間、たしかにこの身に起こったのだった。

俺がいつから霧江さんにそういう気持ちを抱いたのか、いまとなっては思い出すこともできない。最初に会ったときからかもしれないし、霧江さんのあの声を聞いた瞬間からかもしれない。

俺はあの夜から一年以上もの間、叔父とも霧江さんとも顔を合わせなかった。ほとんどやけくそになって受験勉強に没頭して二人のアパートには近づきもしなかったし、二人もこちらの家を訪れることはなかった。とはいえ、父と叔父がまったくの断絶状態にあったというわけではないらしい。どういう経緯があったのかは知らないが、ちょうどそのころから二年ほど、叔父は定職に就いていた。駅北にある紡績工場だ。意外にも勤務態度はまじめだったらしく、あの父が感心するほどだった。もっとも、それまでがそれまでだったから、期待値が極端に低かったせいもあるのだろう。俺が第一志望の高校に合格したときには、叔父からお祝いの品が届いた。万年筆だった。なんとなく俺は、これを選んだのは霧江さんではないか、と思った。

俺の高校受験も無事に終わり、叔父も真っ当な仕事に就き、とりたてて家庭不和もなく、あとから振り返ると奇妙なほど平和で安定した時期だった。が、十六歳の春を迎えた俺の心は、平和どころか大嵐《おおあらし》の真っ直中にいた。自分が男であり、女を求めるものだということを、どうしようもなくはっきりと感じるようになっていたのだ。そして、そのころの俺にとってリアリティのある大人の女といえば、霧江さんしかいなかった。一年以上も会っていない女性に、どうしてあれほど思い焦がれることができたのか、いま考えても不思議なほどだ。やはり、ほんの束《つか》の間《ま》ではあっても二人きりで過ごした時間と、その夜の生々しい出来事が、思春期の俺に想像以上のインパクトを与えていたのだろう。霧江という一人の女性を思う気持ちは、時間と熱と本能によって変質し、むき出しの欲望へと変わりつつあった。

新葉の広がる匂《にお》いが濃密に漂う夜だった。中学時代から通い続けている塾を、いつもどおり午後九時に終えた俺は、自転車のハンドルをほとんど無意識にあのアパートへ向けていた。この夜だけは無灯火のままペダルを踏んだ。これも無意識にそうしていた。叔父と霧江さんが住んでいるはずのアパートのそばまで来たところで自転車を降りた。叔父の部屋には灯《あか》りが点《つ》いていた。俺はカーテン越しに漏れてくる光を見上げながら、そこに立ち尽くした。なぜ自分がこんなことをしているのか、わからなかった。俺はひたすらカーテンの閉め切られた窓を見つめ、あの向こうにいるはずの霧江さんを思った。霧江さんの姿がほとんど目に見えるようだった。そして、俺を待っているような気がした。俺は自転車のサイドスタンドを立てた。アパートの階段を上がった。なぜかそのときの俺は、叔父も部屋にいるかもしれない、とは考えなかった。霧江さんがとっくに叔父と別れてもうアパートには住んでいない、という可能性にさえ思い至らなかった。なにも見えなくなっていたのだろう。だが無謀な行動は、その無謀さゆえに、ときに予想もしない結果を招く。俺はチャイムを鳴らした。その音で初めて我に返った。

(……おれ、なにやってんだ)

ドア越しに人の気配がしたと思ったら、いきおいよく開いた。もう少しでぶつかるところだった。白いトレーナーとジーンズ姿の霧江さんが現れた。目を丸くした。

「もしかして、哲坊くんなの？」

「……はい」

俺はやっとの思いで答えた。頭の中は真っ白でなにも考えられなかった。目の前に霧江さんがいる。夢にまで見た女性が手の届くところにいる。それなのに、心はぴくとも動かなかった。自分でやっておきながら、とつぜんの展開にパニックを起こし、完全に麻痺《まひ》してしまっていた。

「どうしたの」

霧江さんが戸惑いもあらわに首を傾《かし》げる。

「いや、あの……万年筆のお礼がまだだったから」

口をついて出た。たしかに、進学祝いをもらったはいいが、まだお礼をいっていなかった。

「塾の帰りなんです」

だから、そのついでに寄った。即席にしては悪くない口実ではあった。

霧江さんは、ほっとしたような、それでいて呆《あき》れたような顔になって、

「それはご丁寧にありがとう。気に入ってくれたかしら、あの万年筆」

「はい」

よかったわ、と笑みを見せてくれた。

「でも、清さんはきょう夜勤で、ついさっき仕事に出たばかりなの。朝にならないと帰ってこないのよ」

「あ、そうなんですか」

気まずい間が空いた。

遠くの電車の振動が、夜の空気を伝わってくる。

「それにしても、哲坊くん、また大きくなったね。一年ぶりかしら」

「そのくらいです」

部屋の灯りに照らされた霧江さんの頬が、すっと赤くなる。

「あのときは、ごめんなさいね。無神経なことしちゃって。ずっと気になってたんだけど、やっぱり、あたしも恥ずかしくて」

俺は返答できなかった。

また沈黙が続いた。

どのくらい経ったろう。霧江さんが、ゆっくりと胸を膨らませ、目を見ひらいた。しばらく俺の顔を眺めてから、ちらと左右に視線を飛ばした。物思いに沈むような表情が過ぎった。口をぎゅっと閉じた。数秒、固まったように動かなかった。ひとつ瞬きをした。目をあげて、小声で確かめるようにいった。

「中、入る？」

いまでも俺は、このときの霧江さんの気持ちが理解できない。なぜ霧江さんは、俺を部屋に入れたのだろう。霧江さんはたぶん、俺の思いに気づいた。気づいていながら、俺を部屋に招き入れた。ああなることは予想できたはずなのに。

「はい」

俺は答えていた。それ以外にどうすればよかったというのか。俺は中に入ってドアを閉めた。俺と霧江さんだけの世界になった。自分がなにをしているか、なにをしようとしているか、知っていた。心臓が跳ねていた。鼓動が俺の頭の中を駆け巡っていた。靴を脱いで上がった。

「なにか飲む？　またコーラでいいかしら」

霧江さんがわざとらしいほど明るくいって、冷蔵庫の前に腰を落とす。その後ろ姿に、俺は近づいた。気配を感じたのか、霧江さんが振り返り、視線を俺にあてたまま、立ち上がった。冷蔵庫の扉が、ゆっくりと閉まった。俺たちは、互いの息がかかりそうな距離で、向かい合った。長い時間、そうしていた。俺はひたすら霧江さんを見つめつづけ、霧江さんは俺の視線を受け止めつづけた。こわばっていた霧江さんの目元から、ふっと力が抜け、優しくなったような気がした。ほとんど同時に俺は、倒れ込むように霧江さんにしがみついていた。崖《がけ》から落ちていくような一瞬だった。でも霧江さんは、俺が力いっぱい抱きしめても、その場に棒立ちになっていた。抵抗もせず、声もあげなかった。まったくの無反応だった。俺は、自分の荒い呼吸だけを聞いているうちに、底知れない不安に襲われて、霧江さんから離れた。心臓はまだのたうっていた。呼吸も乱れていた。でも霧江さんは、波一つない湖面みたいに静かに立っていた。俺は後悔に潰されそうになった。消えてしまいたくなった。

「ごめんなさい。おれ、こんなこと、するつもりじゃ――」

霧江さんは、白い人差し指を、俺の口に立てた。そして、無表情のまま、ささやくような声で、いった。

「服を脱ぎなさい」

第六章　かぐや姫

「先生、帰巣本能って言葉、知ってるかい」

佐々木小次郎の口からいきなり難しい言葉が出てきて、猪口千夏は面食らった。

「帰巣本能って、あの帰巣本能ですか」

「ほかにもあるのかい。おれは一つしか知らねえんだが」

皮肉でいっているのではなさそうだ。

「たしか」

千夏は、あやふやな知識を手で探るようにして、

「動物が、遠く離れたところからでも自分の巣に帰ろうとする本能、のことですよね」

片目を瞑《つぶ》って人差し指を突きつけてきた。

「それだ」

彼との面接は週に一回。それほど回数を重ねたわけではないが、信頼関係を維持することはできていると思う。その間も病状は進行しており、今回から来室するのに車椅子を使

うようになった。

「あいつは妙な女でさ、ときどき、ぼそっというんだよな。帰りたいなぁって」

「帰りたい？」

「おれのところじゃダメなのかっていうと、そうじゃないんだって。そういうのとは別の意味で、帰りたいって気持ちがいつも胸の中にあるんだってさ」

彼も少しずつ、自分や、自分と関わってきた人たちのことを話すようになっている。最大の転機はやはり〈テツボウ〉を話題にしたことだ。テツボウすなわち哲坊とは、彼にとって甥っ子にあたる人物で、子供のころの愉快なエピソードをいくつか披露してくれた。そんなときの彼の顔は、陽気な優しさに包まれていた。とはいえ、まだ自らの本名や身元については触れようとしない。

「故郷に帰りたいってことですか」

「あいつは故郷にいい思い出なんて一つもありゃしないよ。あんなところにもどるくらいなら死んだほうがマシだっていってたくらいだ」

きょうの面接では、彼が同棲《どうせい》していた女性のことが話題に上っている。この女性は甥の哲坊とも面識があったらしく、哲坊の話をしているうちに、その流れの中で彼女が登場したのだ。話しぶりから、この女性が彼の人生においてかなり重要な存在だったらしいと判断した千夏は、注意深く彼女のことを尋ねてみたのだった。すると思ったとおり、最初はやや躊躇いがちだったものの、いったん口火を切るや次から次へと言葉が溢《あふ》れてきた。ずっと自分の胸だけに納めてだれにも話さなかったこと、でも、ずっとだれかに話したかったことなのだろうと千夏は察した。

「故郷じゃないとしたら、どこに帰るんです」

「それよりももっと前にいた場所だっていうんだけど」

千夏は首を傾げてみせる。

「生まれてくる前にいた場所なんだって、彼女はいってたよ」

「前世という意味でしょうか。それとも、お母さんのお腹《なか》の中とか」

「おれも似たようなことを聞いたな。でも、そうじゃねえって。音もない、光もない、静かでなにも動かない世界だってさ。生まれる前には、そういう場所があって、そこに帰りたいっていうんだよ。でも、おれはあんまり頭がよくねえからさ、さっぱり意味がわかんねえや。そうしたらこんどは、帰巣本能みたいなものなんだって説明してくれたけど、そんなもんよけいにわかんねえって、なあ」

寂しそうに笑う。

「先生ならわかるかもしれねえと思ってさ」

千夏は真剣に考えてみた。生命以前の状態ということは無機の世界ということか。そういえばフロイトが似たようなことを書いていた気が……。

不吉な直感が働いた。

「どうしたぃ、先生」

「あ、いえ」

笑みでごまかす。

「その女性が抱いていた感覚というのは、まだ見ない、でも、どこかにあるはずの遠い場所を懐かしむ、というものでしょうか」

「わかるのかい」

「たとえば、そうですね……かぐや姫にとっての月の世界が、近いかもしれませんね」

彼が、眩《まぶ》しそうな目を窓へ向ける。

「かぐや姫か。お姫様ならしょうがねえよなあ。おれが愛想尽かされてもさ」

「その女性とは、どうなったんです」

いってから肝が冷えた。この質問は踏み込み過ぎたかもしれない。しかし、さいわいにして、彼が不快に感じている様子はなかった。むしろ、ほっとした表情を浮かべている。

「あいつは、ほんとに帰っちまったんだよ。おれを置いて、お月さまにさ」

この言葉で千夏の直感は確信に変わった。それをこの場で口にすべきだろうか。気づかないふりをしたほうがいいのだろうか。さすがの千夏も迷った。迷っているうちに、彼のほうから、掠《かす》れた声で告げた。

「死んじまったんだよ」

「それは……お気の毒に」

千夏は心を込めていいながらも、彼の表情から目を離さなかった。彼はまだ吐き出しきっていない。ほんとうに話したいことが残っている。

しかし彼は、そこからなかなか言葉を継ごうとしなかった。唇をなめたり、もそもそと身体を動かしたり、口を小さくあけて息を吸ったりするだけ。

千夏も堪えた。ここで下手《へた》に水を向けて聞き出そうとしてはならない。少しでもこちらの好奇心を感じさせるような態度も禁物だ。あなたの語ることを聞く用意はできていますよ。その思いだけを眼差しに込めて、千夏は見守った。

彼が深く息を吸い込んだ。

「その女が死んだことは、大学生になってた哲坊にも報《しら》せたよ。しばらく見ねえあいだに、いっちょ前の口を利くようになってやがった。しゃれた車に乗って、晩飯までおごってくれた。あの哲坊がおれに飯をおごるようになったんだ。あの泣き虫の哲坊がさ」

笑おうとしたらしいが、不規則な息が漏れただけだった。

「おれはそのとき、哲坊に一つ嘘を吐いた」

目をあげて千夏を見る。

「哲坊には、彼女は病気で死んだってことにしたけど、ほんとうは違うんだ」

表情が固まっていた。目も、頬も、微動もしない。ただ口だけが、機械のように開く。

「あの女は、自分で、首を吊《つ》ったんだよ」

やはり、と千夏は思った。

「遺書はあったんだけどさ、ゴメンナサイ、としか書いてなかった。でも……なんかな、わかるような気もするんだ」

千夏は、目で問いかけた。

「あいつは最初っから、こんな世の中には、なじめなかったんだよ。ずっと自分の居場所を探して、隅っこにやっと見つけたと思っても、追い払われるんじゃないかっていつもびくびくしてる。そんなところがあってさ」

ふたたび物思いに耽《ふけ》るような顔でうつむいた。口は真一文字に閉じられ、吐息一つ漏れてこない。しかしそれは、話すことを拒絶しているのではなく、話すべきことがあまりに多くて、どこから始めればいいのかわからず途方に暮れているように見えた。

「あいつの親が悪いんだよ」

放《ほう》り投げるようにいった。

「子どものころのあいつに、ちゃんと教えてやらなかったから。おまえはもっと堂々と生きていいんだって」

千夏が言葉を促すまでもなかった。彼はその女性のことを吐き出したがっている。心ゆくまで話してもらおう。それがいまの彼になにより必要なことなのだ。もう一度、彼自身の人生に立ち返るために。

「付き合いはじめてから、寝物語にいろいろ話してくれたよ。ほんとうの自分を知って欲しいからって、それこそ洗いざらいさ。親からひどい扱いを受けたってことも、そのときにな。結局あいつは十六のときに家を出て、最初に声をかけてきた男といっしょに住みはじめて、その男とは赤ん坊を堕《お》ろしてすぐに別れた。そのあとも、言い寄られるたびに男に心を許して、尽くして、裏切られて。男にいわれるまま年をごまかして客商売に就いたこともあったってさ。二十歳《はたち》になる前からそんな生活を送ってきたんだ。おれがあいつに会ったのも、その商売つながりでさ。ようするに、おれはあいつの客だったんだ。おれたちは、似たもの同士だったのかもしれねえな。ほんとうは、出会っちゃいけなかったんだよ。でも、出会っちまった。まあそれがあいつの運の尽きってやつさ。よりによって、最後の最後にこんな男にくっついちまったんだからな」

鼻を鳴らして笑った。

しばらく沈黙を挟んで、顔を上げる。

「ちっちゃな子供って、親がなにかいいつけると、いわれたことを必死になってやろうとするだろ。親に褒《ほ》められたくてさ」

話題が飛んだ。しかしそれを、彼がほんとうに話したいことを口にする前兆と千夏は捉えた。

「あいつも、そうだったんだよ」

彼の瞳《ひとみ》いっぱいに、深い慈しみが広がる。

「あいつは、ずっと子供のままだったんだよ。ただ『いい子だね』って頭を撫《な》でてもらいたかっただけなんだよ。そのためだったら、ほんと、くだらねえことにも一所懸命になっちまうんだよ。なんの得にもならねえことにもさ。でもあいつは、そういうのがないと生きられない女だったんだよ。バカな女だったんだよ。でもさ、おれがその女のバカさ加減に気づいたのは、あいつが死んだあとなんだよ。遅いってんだよ、なあ。もっと早く気づけばさ、嫌っていうくらい頭撫でてやったのによ。おれにはおまえがいなきゃだめなんだって、おまえが必要なんだって、何百回でもいってやったのによ。だってあいつはもう、こっちの世界をあきらめて、月に帰っちまったじゃねえか。だれにも頭を撫でてもらえないままさ」

そこで言葉が途切れた。震える息だけが無言のうちに漏れてくる。一塊の悔恨を吐き出しきって、虚脱しているようだった。

どのくらいそのままでいたろうか。

「なあ、先生よ」

すがりつくような目を向けてきた。そこに、いつもの芝居がかった佐々木小次郎はいない。傷つき、疲れ、老いて病に倒れた、弱々しい一人の男がいるだけだった。

「おれは、どうすりゃいいんだよ」

第七章　道化

1

「私は反対だ。やめたほうがいい」

父のメガネは、また度数が上がったようだ。白髪が増え、顔のしわも深くなった。少し痩《や》せたか。母の話では、二年前に部長に昇進してから酒量が増えたとのことで、五十五歳という年齢の割に老けて見えるのは、その影響もあるかもしれない。

「僕はどうしても、叔父さんにも来てほしいんだよ」

帰省するのは一年半ぶりだった。源右衛門新田の平屋から引っ越して以来、中学から高校卒業までの多感なころを過ごした家。ここの玄関を入ると、いまでもほっとする。そんなつもりはなくても、気持ちが子どもにもどってしまう。

その一方で、そんな雰囲気を疎《うと》ましく感じる部分も、俺の中にたしかにある。自分にとってこの家は過去そのものだ。過去の思い出に耽《ふけ》るのは、疲れた心を癒《いや》すものだが、同時に、現実から逃避している疾《やま》しさも感じさせる。

「以前はまだマシだったが、最近のあいつはまともじゃない。そんな大切な場所に呼んで、なにをするかわからんぞ」

「成美《なるみ》さんのこともあるのよ。万が一にも粗相があったら、成美さんの立場がないじゃないの」

母は父ほどには老けて見えない。化粧が以前より念入りなせいもあるだろうが、年を重ねるごとに強くなっている気がする。このあたりが男女の差なのかもしれない。この家の大黒柱が、父から母に代わった感さえあった。母さえ健在ならば、この家は大丈夫。そう安心させてくれる。だが、その母もいずれは……。

「僕は決めたんだよ。叔父さんにも、僕の結婚式には出てもらう」

「どうしてそこまで清治郎にこだわる？」

「親族だからだよ。叔父さんだけ呼ばないなんて、不自然でしょ」

これは建前だ。ほんとうの理由は、自分でもわからない。だが、上原清治郎という男を結婚式に招待することは、義務、とまではいわなくとも、礼儀である、とは強く感じる。断じて、単なる親戚《しんせき》だから、ではない。

「成美さんは了解しているのか」

「話はしてあるよ」

「あいつがトラブルメーカーだということも？」

「そういういい方、ないんじゃない」

「しかし、あいつはだな……」

後の言葉が出てこない。苦い顔で唸《うな》り、腕組みをした。口にするのも忌々《いまいま》しいといわんばかりに。

「叔父さんだけを除《の》け者《もの》にするなんて、かわいそうだよ。せっかくのおめでたい席なんだから」

「おめでたいからこそ――」

「あなた」

母が、きっぱりした声で父を止めた。

「もう、いいじゃないですか。哲彦がこれだけいうんだから」

俺は意外な感に打たれた。たしかに、ときおり感情的になって父の手を焼かせた母ではあったが、これほど真正面から父を諫《いさ》めるなんて、以前なら考えられなかった。

「あなたはね、清治郎さんのことになると、感情的になり過ぎなんですよ」

「おまえはそういうが、現実問題として――」

「これは哲彦の結婚式なんですよ。哲彦が呼びたいというのだから、呼べばいいじゃないですか。哲彦ももう大人なんだし」

「しかしだな……」

父が母から理屈で攻め込まれている。これもあり得なかった光景だ。思えば、俺がこの家を出てから、両親はずっと二人きりで暮らしてきた。その歳月が、夫婦の関係に変化をもたらしたということか。

「哲彦は優しい子なんですよ。昔からそうだったじゃないですか」

さすがにこの言葉は面映ゆい。親の欲目というやつだ。俺は自分のことを優しい人間だと思ったことはない。

「わかったよ」

父が降参のため息を吐《つ》いた。

「そこまでいうのなら好きにしろ。だが、どうなっても責任は持たんからな」

2

大学を卒業した俺は、大手証券会社に就職した。時代はバブル真っ盛りだったが、俺が入社してほどなく、勢いが急速に衰え、一時は四万円に届くかと思われた日経平均も、二年もしないうちに一万五千円を切るまでに暴落した。

ただ意外なことに、職場の雰囲気はそれほど悪くなかった。いくらなんでも下げすぎ。もういい加減に底を打つころ。そんな声さえ聞こえてきた。まさかこの後、株価が七千円台まで落ちて、『失われた十年』どころか『失われた二十年』が待ち受けているとは、だれも思わない。そういう意味では、まだバブルの夢から覚めきっていなかった。大学時代の友人・木村隆の紹介で原口《はらぐち》成美と出会ったのは、そのころだ。

木村とは、大学を卒業してからも、ときどき吞《の》んでいた。たいていは、会社の同僚には吐けないような愚痴をいいあうだけだったが、あるとき木村が、ビールに口をつけて早々に、

「おまえに紹介したい子がいるんだ」

と切り出した。

「いま付き合ってる彼女の友達なんだけどさ」

たしかに当時の俺はフリーで、『いい子がいたら紹介してくれよ』と冗談半分にいったこともあるが、このときの木村の申し出には、正直いって気乗りしなかった。別に、木村の紹介する女性に信頼が置けなかったのではない。問題は俺にあった。

俺は二十代半ばにして、恋愛そのものを疎ましく感じていた。もっと正確にいえば、自分には恋愛というものができない、ということに気づきはじめていたのだ。

彼女を誘うためにいいレストランを探したり、イブの夜を過ごすために苦労してホテル

のスイートをとったり、彼女とドライブするためだけに高級外車を買ったり、はたまた入手困難なブランドものの腕時計やバッグをプレゼントしたり、といった同僚たちの話を聞いていると、呆《あき》れるというより羨《うらや》ましくなる。たかが女一人のために、そこまで熱く、バカになれることに。

しかし恋愛とは本来そういうものなのだとすれば、女に対してバカになれない自分には、恋愛をするために必要ななにかが欠落している、ということになりはしないか。

木村の紹介で成美と会うことになったときも、期待も、緊張も、そしてもちろん、ときめきもなかった。面倒くさいけど木村の顔を立ててやるか。その程度だ。

ところが実際に会ってみたら一目《ひとめ》惚《ぼ》れ、なんてテレビドラマみたいなことがあるわけもなく。

成美に会ったときの第一印象は、目が大きいな、だ。それに、ちょっとぽっちゃり体型で、俺の好みからはやや外れている。なにより、恋愛オーラとでもいうものがまったく感じられない。女であることをアピールするでもなく、女であることへの拘《こだわ》りもない。そろそろ年齢も年齢だし結婚相手くらい確保しておこうか。そんな雰囲気が漂っていた。少なくとも、恋愛に対して過剰な幻想を抱いてはいない。見方を変えれば、いっしょにいて疲れる女ではない、ということでもある。そんなにエネルギーを使わなくてもよさそうだ、という、本人に知れたらタダじゃ済まない理由から、俺は付き合ってみることにしたのだった。さいわい成美のほうでも、俺を気に入ってくれたようだったので。

交際してわかったのは、成美は決してバカではない、ということだ。口数は多くないが、少ない言葉で的を射てくる。期待値が低かったせいもあるが、俺は成美という人間を見直した。このまま結婚するならそれもありかな、とさえ思いはじめた。俺も二十七歳になっていた。

いちおうプロポーズは俺からだった。といっても、なんの準備も心構えもなく、話の流れで『結婚、しようか』と口にしただけだ。それなのに彼女が想像以上に喜んでくれたので、もう少し演出を考えればよかったな、と後で反省した。互いの両親に挨拶《あいさつ》し、式の日取りを決めてからは、嵐《あらし》のような日々となった。成美は、ウェディングドレス選びから披露宴のプログラム作りまで、これがあの成美とは信じられないほどの情熱で取り組んだ。そのときの成美は、それまでのどの成美よりも、美しく輝いていた。

で、いま彼女は、その美しさの頂点にいるわけだが。

「もう少し嬉《うれ》しそうな顔しろよ、新郎さん」

きょうの木村隆は、ブラックスーツに白いネクタイを締めていた。手にはカメラ。披露宴では司会を任せている。

「緊張してるんだよ」

「そんな柄じゃないだろう」

白いウェディングドレス姿の成美は、着飾った友人たちに囲まれ、一世一代の笑顔を咲かせている。そんな成美を見ていると、胸が温かくなる。成美を幸せにしたい、という俺の気持ちに偽りはないのだ。浮かれるような幸福感とは無縁なだけで。

「ねえ隆。一枚撮ってよ」

木村を呼びつけたのは、成美を囲んでいた友人の一人だ。目の覚めるような青いツーピース姿の彼女は、木村の婚約者でもある。彼らもすでに結納を済ませていて、披露宴では俺が司会をすることまで決まっていた。

「よっしゃ」

木村がポジションをとってあらためてカメラを構えると、みんな揃《そろ》ってピースサイン。フラッシュが光る。

「次は哲彦さんもいっしょに！」

本日の披露宴の招待客は八十四名。俺としてはあまり大げさにはしたくなかったのだが、成美に任せていたらこうなった。ケーキ入刀を無事に終えて、いまは歓談の時間だ。もう少ししたら最初のお色直し。その後、ゲストのスピーチ、余興と続く。余興では会社の同僚たちがスライドショーをやってくれるらしい。どんな内容になっていることやら。

「ところでさ」

カメラマン稼業の一段落した木村が、また俺の近くまで来て、腰を屈《かが》めた。

「あの変わった叔父さん、来てないのか」

声を潜《ひそ》めたのは、同じテーブルに着いている俺の両親の耳を気にしたからだろう。母方の親戚と話し込んでいるので、心配はいらない。

「招待状は出したし、出席するって返事ももらってるんだけどな。急用でもできたんじゃないの」

上原清治郎は、結婚式どころか、披露宴が始まる時間になっても、姿を見せなかった。連絡もないと父はいっていたが、そのいい方が、どこかぎごちなかった。もしかしたら父は、叔父に来ないよう密《ひそ》かに忠告したのかもしれない。いかにもありそうではある。

だが、それならそれでいい、とも思う。とにかく招待はしたのだ。自分なりの礼儀は尽くした。むしろ、叔父が来なかったことに安堵《あんど》している自分がいる。もしきょう叔父と再会したとしても、どんな言葉を交わしたらいいのか。もはや子どものころのように接することはできない。霧江さんのことがあった以上は。

ちらと成美を見やった。幸せそのものといった顔をしている。まさか、きょうから自分の夫となる男が、結婚披露宴の席で、過去の女性のことを考えているとは夢にも思わないだろう。

(……そうでもないかな)

成美がこの瞬間、過去の男性に思いを馳《は》せていないという保証は、どこにもない。そういえば、成美の過去の恋愛についてはなにも聞いていない。俺もあえて尋ねることはしていない。いまさら知ったところでどうなるものでもなし。

しかし、こんなんで、ほんとうに夫婦になれるのか。さすがに不安になる。

会場のざわめきが、少しずつ引いているのに気づいた。

おしゃべりを止《や》めた人たちは、みな同じ方向を見ている。その視線の集まる先には、痩せた小柄な男性が一人。黒い礼服に身を包んでいるが、着方はだらしない。白いネクタイもずれている。髪は乱れ、垢《あか》じみた顔には、白いものが混じった無精ひげ。すでに相当量のアルコールを口にしているらしく、ふらふらと怪しい足どりで、司会者用のマイクスタンドに向かっている。おもむろにマイクを握ると、スイッチを入れ、ぽんぽんと先端を叩《たた》いてから、異様な光を湛《たた》えた目で、会場を舐《な》めた。最後に視線を俺に留め、にやり、とする。そして二本指の敬礼。こめかみから引きはがすように弾《はじ》き、

「いよぉおうっ！」

マイクを通して増幅された叫びが、会場を静まり返らせた。

「あいつ、いつの間に……」

父の怒りを孕《はら》んだ声。成美の顔にも恐怖に近い表情が広がる。友人たちも唖然《あぜん》としている。木村だけが妙に嬉しそうだ。

「ええ、みなさん。とつぜん、失礼いたします。新郎の叔父、上原清治郎であります！」

　このとき俺は確信した。叔父はなにかとんでもないことをやらかす。やらかさずには、この場は終わらない、と。いまなら間に合うだろう。式場のスタッフに頼んで、いますぐ叔父を会場から追い出せば。

　しかし俺は、そうはしなかった。

　不思議なほど醒《さ》めた目で、事態を受け止めていた。

　来るべき時が来た。

　それだけのことだ。

「初めにお断りしておきますが、ごらんの通り、私はろくでなしであります。昔から親を心配させ、そのせいかどうかわかりませんが、両親とも早くに亡くしました。以来、親代わりも同然な兄貴にも、たいへんな迷惑をかけてきました。本来なら、このような席に招かれるような人間ではないのであります」

　言葉を切り、静かな会場を見渡す。

「しかし、みなさん。そんな私にも、哲彦くんは招待状をくれました。披露宴だけでなく、結婚式にも参列してくれといってくれたのです。恥を申し上げるようですが、いまでも私を親族扱いしてくれるのは、哲彦くんだけであります。哲彦くんは、そんな、心優しい子なのです。私は、ほんとうに、嬉しかった。感動いたしました」

　鼻声になっていた。いささか芝居じみてはいるが、聴衆を話に引き込むことには成功している。

「ちょっと事情がありまして、式には出られませんでしたが、せっかく招待してくれた哲彦くんの気持ちを無駄にするのは忍びなく、思い切って、こうして披露宴の席にお邪魔させていただくことにいたしました。とつぜんのご無礼、どうか、ご容赦ください」

深々と一礼する。

頭を上げ、じゅうぶんな間をおいて、

「哲彦くんとの思い出は、数えきれないほどですが、今回と同じくらい感動した出来事が、過去にもう一つありました。哲彦くんがまだ小学生のときのことであります。話が長くなるので、細かいことは省きますが、そのとき哲彦くんは、こともあろうに、大きくなったら叔父さんみたいに、つまり、この私みたいになりたい、そういってくれたのです」

問いかけるような視線を向けてきた。

憶《おぼ》えているかい。

すぐに会場にもどし、

「そりゃあ嬉しかったですよ。たった一人の甥《おい》っ子からそんなことをいわれたんですから。誇らしいというか、ちょっと照れくさいというか、でも、ほんとうに嬉しかったんです。だって、いいですか、みなさん。こんな私ですよ」

挑発するような笑顔で両手を広げて見せると、会場のあちこちから控えめな笑い声が返ってきた。

「そのころの私だって、そりゃあ今よりは男前でしたが、社会の落伍者《らくごしゃ》みたいなもんだったんです。それなのに哲彦くんは、そんな私のようになることが自分の夢だと、はっきりといってくれたんですよ。私が哲彦くんの将来を心配しても無理はないじゃありませんか。そうでしょ、みなさん。どうです？」

さらに笑いが起こる。拍手さえ聞こえた。

「でも哲彦くんには、そんな私の心配など、まったく無用でした。それは、みなさんのほうがよくご存じのはずですよね。私は、哲彦くんが私のようにならなくて、ほんとうに良かったと、胸をなで下ろしているところであります」

ここで終わればよかったのだ。会場の雰囲気も悪くない。ここで話を切り上げれば、叔父も万雷の拍手を浴びながら席に着き、この後も宴《うたげ》を楽しむことができたのだ。

「でもですね、みなさん。こんな私でも、哲彦くんの結婚式に出る権利は、じつはちゃんとあるのですよ。親族だから。いやいや、そんな月並みな理由じゃありません。これを知れば、新婦となられる成美さんも、私に感謝するに違いない」

叔父が、ぎらぎらと目を輝かせる。こみ上げてくる笑いを抑え込んでいる。

「なぜならですね、哲彦くんを一人前の男にしたのは、ほかでもない、この私だからであります」

会場はまだ気づいていない。叔父が常軌を逸しはじめていることに。

「いまの哲彦くんからは想像もできませんが、中学時代の哲彦くんは、女性に対して非常に奥手でした。たぶん、女の子と手をつないだこともなかったと思います。私は、これはまずいと思いましたね。このままでは哲彦くんは、女の子をちゃんと口説き落とせるようになれないんじゃないか。女の子に相手にされない男になっては、哲彦くんがかわいそうだ。ここは叔父として、なんとか力になってやりたい。さいわい、その道に関しては、私は人一倍詳しいときている」

もう笑いは起こらなかった。ゲストたちも察したようだ。叔父の話が、この場にふさわしくないほうへ向かっていることに。

「いまこそ私の出番です。哲彦くんに男女のことについて教授しようと、思い立ったのであります。男にとって恋愛とは、女性のハートを射止める戦いであります。まずは敵、つまりは女性のことを知らなければならない。でも当時の哲彦くんは、女のことなんてなにも知りゃしない。これじゃあ話になりません。そこで私は手始めに、哲彦くんを神聖なる劇場へと連れていき、女のアソコの実物を見せてやったのであります。どうです、お手柄でしょう」

低いどよめき。もうだれも笑っていない。眉《まゆ》を険しくして嫌悪を露《あら》わにしている人もいる。

「それだけじゃありませんよ。奥手だった哲彦くんも、私の導きの甲斐《かい》あって、ついに最終目標の筆下ろしまで済ませました。おめでとう！　高校一年のときです。なぜ知っているかって？　そりゃあ知ってますとも。なにを隠そう、そのときの相手、つまり、哲彦くんにとって人生で初めての女性とは、当時私の付き合っていた彼女、だったからであります。わかりますか？　私と哲彦くんは、叔父と甥であるとともに、兄弟でもあるのですよ！」

「早く！　お願いします」

父の押し殺すような声と同時に、式場の男性スタッフ二名が叔父に駆け寄り、マイクを取り上げた。叔父は、抵抗する間もなく両脇を抱えられ、会場から連れ出されていく。騒然とする会場を前に、すかさず木村がマイクを握り、

「ええ、なんだか迫真の演技すぎて、余興だと気づいてらっしゃらない方が見受けられるようですが」

あくまで晴れやかな笑顔を崩さずに続けた。

「ただいまの老けメイクで登場したのは、我々の大学時代の友人で、現在は劇団で役者をやっている菅野という男でありまして、哲彦くんの披露宴でサプライズの余興をやらせてくれ、でも内容は当日までのお楽しみ、などといわれていたのですが、まさかこういう手で来るとは思いませんでした。ほんとに昔から品がないというか、下ネタ好きで顰蹙《ひんしゅく》を買

ってばかりいた奴で、おまけに場の空気を読むのが大の苦手ときてまして、お目汚し、お耳汚しとなったことを心からお詫《わ》び申し上げます。すみません、ほんとに。まったく、こんなことやってるから役者としても売れないんですよね」

こんな言葉を信じたわけでもないだろうが、とりあえずは木村の機転のおかげで会場の緊張がいくらかは緩んだようだった。

「それでは、新郎新婦はここでいったんお色直しの退場となります。みなさん、盛大な拍手でお送りください」

＊

新郎のお色直しにかかる時間など知れている。再入場は新婦とそろってなので、成美の変身が完成するまでの間、俺は待つことになる。

控え室に入ると、重苦しい空気の底に、上原清治郎と父の二人がいた。父は腕組みをして立ったまま。顔が真っ赤で、いまにも湯気が立ち昇りそうだ。叔父は、披露宴会場での威勢はすっかり消え、へたりこむようにソファに座っていた。ネクタイは外してある。

父が俺をちらと見て、すぐ目を逸《そ》らす。

上原清治郎は、力ない笑みを浮かべ、

「いよう」

二本指の敬礼にも切れがない。

「おまえに一言でも謝罪させようと思ってな。さあ、清治郎、哲彦にあやまれ。まったく、おまえのような奴が弟だと思うと、情けなくて――」

「父さん」

俺は父の言葉を遮った。

「叔父さんと二人で話をさせてくれないかな」

意外そうな顔をして、

「なにを話すつもりだ」

「とにかく、二人だけで話したいんだ」

「腹が立つのはわかるが、これ以上、事を荒立てると」

「わかってるよ」

それでも渋る様子を見せていた父だが、結局は出ていった。

叔父と二人きりで話すのは七年ぶり。この人も四十を過ぎているはずだ。

俺は、すぐ横に立って見下ろし、

「満足した？」

努めて軽い調子でいった。

「……ああ？」

「俺に恥をかかせて、満足した？」

なにをいわれているのかわからない。そんな表情だ。

「やっぱり、憎んでたんだね、俺のこと」

瞬きをしながら首を横に振る。

「ち、違うよ、哲坊。……おれはただ、盛り上げてやろうと――」

「嘘《うそ》つけ」

声に険が出た。

「たしかに、俺もよくないよ。いまでも悪かったと思ってる。でも、あんただってさ……」

激しい感情が込み上げてくる。

「……あんたは、人間のクズだよ」

上原清治郎が茶化すように笑う。

「おい、哲坊。いくらなんでも、そりゃちょっと、冷たかねえか」

俺は両手を伸ばし、胸ぐらを摑《つか》み上げた。叔父の顔に怯《おび》えが走る。この怒りは決して、披露宴を台無しにされたから、ではない。心の奥底で、静かに発酵し、何年も熱を保ち続けてきた怒り。あの日、斉藤霧江の死を知ってから、一瞬たりとも鎮まらなかった怒り。

それがいま、思わぬところで出口を与えられ、噴き出そうとしている。

「……あんたのせいなんだろ」

抑えられない。

「あんたのせいで……あんたが、もっと霧江さんを大切に……」

「……哲坊」

我に返ったときには、その顔に拳《こぶし》を叩き込んでいた。

上原清治郎がソファに吹っ飛び、仰向《あおむ》けに倒れた。

低い呻きを漏らしながら、のっそりと起き上がる。頰《ほお》に手を当てて、寂しげに笑った。

「そっか。そんなに怒らせちまったか。悪かった。悪かったよ。お客さんには受けると思ったんだがな。おれはどうやら、他人様《ひとさま》とは、どっか、ずれてるみたいだ。わかんねえんだよな、自分でも」

ドアが開いた。

父。

俺と叔父を見て、

「……どうした」

「なんでもないよ、兄貴。おれが勝手に転んだだけだ」

ソファから立ち上がる。

「哲坊にはちゃんと謝った。おれは帰るよ。もう邪魔はしねえ」

ふらふらと控え室を出ていく。

入れ違いに、式場の女性スタッフが、失礼します、と顔を出して、

「新郎様。新婦様のお色直しが終わりましたので、入場口のほうへお願いします」

俺は、父と目を合わさず、部屋を出た。

廊下の先に、上原清治郎の小さな後ろ姿があった。

第八章　沈黙する男

猪口千夏は、長いため息を吐いた。我知らずデスクに両肘《りょうひじ》を突き、手のひらで顔を覆う。雨が降っている。音がする。風も出てきたようだ。ときおり窓が揺れる。

「どうしたんですか、猪口さん」

顔を向けると、坪井が帰ってきたところだった。手に書類の束を携えている。きょう最後の面接を終えたのだ。

「ご苦労さま。で、荒井《あらい》さん、どうだった？」

「やっぱり、やっかい払いされると思い込んでたみたいですね。あちらの病院のほうが荒井さんの病状にはうまく対応できるってことをなんども説明して、やっと転院を納得してもらえました」

自分のデスクに書類を置き、インスタントコーヒーを入れる。

「あれ、沢野さんもまだ残ってるんですか」

ホワイトボードを見やった。沢野のマグネットは〈S5〉に留《とど》まっている。南館五階といえば小児病棟だ。

「たぶん、松田《まつだ》たかひろくんのところ」

「ああ、あの……」

　時刻はすでに午後六時二十分。就業時間はとっくに終わっている。

「仕事帰りのお父さんと面接ですか」

「じゃなくて、たかひろくんのお見舞い」

　坪井が、椅子《いす》に腰を下ろしてコーヒーをすすり、眉を寄せた。

「たしかに、クライアントとの信頼関係のために病室に顔を出すことはありますけど、彼女の場合、ちょっと介入しすぎじゃないですかね」

「彼女、クライアントとの距離感がまだ不安定なんだよね。やけに突き放すことがあると思ったら、こうやってべったりしてしまうときもある。こんなに波があったら精神的に消耗するのも無理ないよ。なんども注意してるんだけど、あの子、基本的に頑固なんだわ」

「猪口さんみたい」

「あたし？　そんな頑固じゃないつもりだけど」

　またため息を漏らして頰杖《ほおづえ》を突く。

「猪口さんも相当お疲れみたいですね」

「正直、ちょっとまいってんのよね」

「これは珍しい」

「あたしだって生身の人間なんですけどね」

「我らが猪口さんをそこまで追いつめてるのは、なんなんです」

「聞いてくれる?」

「よろこんで」

「佐々木小次郎さんのこと」

坪井が椅子を回してこちらに身体《からだ》を向ける。

「たしか前回の面接では、かなり突っ込んだ話ができたってことでしたよね」

「突っ込みすぎたのかも」

「いろいろ打ち明けてしまったことをいまになって彼が後悔していると?」

坪井くらいのキャリアになると、十までいわずとも通じるから話が早い。

「罪悪感を抱いているかもね」

「そんな感じなんですか」

「約束の時間になっても面接には来ないし、こちらから病棟にいってもほとんどしゃべってくれない。防衛的。完全に壁を作られちゃった」

「その人って、アルコール依存症で入院歴があるんでしたよね」

「アルコール依存症かどうかははっきりしないけど、入院歴があるのは確かみたい。本人の言葉を信用すれば、だけど。……いまの状態はその影響もあると？」

「可能性は考えられませんか」

千夏は、否定の意味を込めて唸った。

「どうかなあ。これまでのやりとりの中で、そんな感触はぜんぜんなかったけど」

「肝性脳症は？」

肝臓の機能が極度に低下すると血中のアンモニア濃度が上昇し、脳の機能に異常を来す。その結果、意識障害や幻覚などが表れる。肝臓がんの最終末期によく見られる症状だ。

「血液検査ではそこまでの数値は出ていないし、病棟スタッフとの受け答えもふつうにできてるみたい」

「となると……」

「やっぱり、面接のせいとしか思えないんだよね」

「自殺してしまった女性のこと」

千夏は、こくん、とうなずく。

「その女性に対して申し訳なく感じているんでしょうか。不用意に他人に話してしまったと」

「あるいは自己嫌悪か」

「逆に、ずっと吐き出したいと思ってきたことを吐き出せて、虚脱状態にあるとも考えられるんじゃないですか」

「それなら、少し時間が経《た》てば回復の兆しくらいありそうなもんでしょ」

坪井が腕組みをして黙り込んだ。

雨がひどくなってきた。窓に打ちつけている。

「荒れてますね、外」

千夏は、うん、と生返事で応《こた》え、

「あたしも、介入しすぎちゃったのかなあ」

ぼそりと漏らす。

「どうしてです」

「親族がいるなら再会させてあげたい、それが小次郎さんにとっていちばんいいことだって思ってたけど、ほんとうは、最後までそっとしておいてあげたほうが良かったのかもしれない。それが、小次郎さんの選んだ道なら。これじゃあ沢野さんのことをとやかくいえないわ」

「難しいですよ。この仕事で相手にするのは、形の定まらない正体不明の生き物みたいなものですから。もともと正解なんてない。マニュアルもあって無きがごとし。臨機応変にやるしかないですもん。どちらが良かったか、なんて、簡単には結論出せませんよ」

「それをいっちゃあ」

坪井が目元を険しくする。

「でも、その小次郎さん、ほんとにこのままでいいと思ってるのかな。だれとも会わずに。お兄さんが一人いるんでしたよね。それと……」

「彼が哲坊と呼んでる甥っ子さん。甥っ子といっても、もういい大人になってるはずだけど」

「寝言でいってたのは甥っ子さんのほうでしたっけ」

「そう」

「夢にまで見るってことは、会いたい気持ちはあるんでしょうね。もしくは、いい残しておきたいことが。でも、いまさら合わせる顔がない。だから会えない。アンビバレントな感情の板挟みになって、身動きがとれなくなっているのかも」

「最後くらい素直になればいいのにね。こういうケースではいつも思うよ。もどかしいったらないわ」

「まあ、それが人間ってもんでしょうけど」

千夏は、ふっと鼻を鳴らした。

「あなたはときどき身も蓋《ふた》もないことをいうね」

坪井が肩をすぼめる。

「性分なので」

電話が鳴った。医療相談室には内線が二本引かれており、どちらの受話器もファクシミリと同じテーブルに設置されている。

「いいです。僕が出ますよ」

坪井が軽快に腰を上げて、着信ライトが点滅しているほうのコードレス受話器を摑んだ。

「はい。医療相談室です」

相手の声が微《かす》かに漏れてくる。坪井の目が、ゆっくりと天井を向く。良くない報《しら》せを受けたときの彼の癖だ。

「……わかりました。どうも」

声が硬い。受話器を置くと同時に、

「猪口さん、緩和ケア病棟からです。佐々木小次郎さんの容態が――」

第九章　鏡像

1

ダイニングルームの食卓は、天板に透明な硬質ガラスを使った、小洒落《こじゃれ》たデザインのものだった。新居となる賃貸マンションに引っ越すとき、成美と二人で選んだのだ。新婚当初は、小さな花瓶に生花を挿したものが飾られていたが、いつしかそれも姿を消し、ガラス板にも曇りが目に付くようになった。

そして今夜、殺風景なガラス板の中央に差し出されたのは、一枚の薄っぺらな紙。成美はすでに署名と捺印《なついん》を済ませていた。

「もう限界なの」

目を伏せたままで、こちらを見ようともしない。

俺は、ネクタイを緩め、引き抜いた。しゅるしゅる、という音が大きく響く。丸めたネクタイをポケットに押し込み、シャツのボタンを二つ外し、椅子から立ち上がった。

「どこ行くの」

「喉《のど》が渇いた」

「わたしの話、聞いてた?」

「仕事から帰ってきたばかりだぞ。水くらい飲ませろよ」

対面式のカウンターで仕切られた狭いキッチン。浄水器を通した水をコップに満たし、ゆっくりと飲む。カウンター越しに成美の背中を見つめながら。

驚きはなかった。

三年半。

よく続いたほうではないか。

コップを流しに置き、食卓にもどる。左肘をガラス板に突き、斜に構える。

「なにかいったら」

痺《しび》れを切らしたのは成美だ。

「……どうして」

ほんとうに理由を聞きたかったわけではない。そんなものは想像がつく。形として尋ねただけだ。

「あなた、わたしのこと、ほんとうに愛してた?」

「もちろんだよ」

愛してたし、いまも愛してるよ。本来なら、そこまでいうべきだろう。だが、それを口にしようとした刹那《せつな》、自分の中に嫌な感覚が生まれる。欺《あざむ》いている、という感覚が。つまり俺は、成美を愛したことはなかったし、いまも愛していない。

「嘘だね」

成美も、とっくに気づいている。

「嘘じゃないって」

いつから俺は、こんな空っぽな言葉を、平気で口にできるようになったのだろう。そのくせ、〈愛してる〉という言葉だけは、出てこないのだ。

「あなたは、わたしのことなんか、どうでもいいと思ってる」

「そんなわけないだろ」

「わからないと思うの？」

「…………」

「あなたの心の中には、わたしじゃない、ほかの女の人が住んでるよね」

成美の声音は、ぞっとするほど冷たい。

「もう死んじゃったっていう、例の」

感情が、ざわりと波立った。

「いうなよ」

「あなたの目は、わたしを見ているときも、わたしを見ていなかった。あなたが見ていたのは、あなたにとって最初の――」

「いうなって！」

俺は自分を抑えきれなくなっていた。

しかし成美も怯《ひる》まない。

「胸の奥でだれを思おうと、それはあなたの勝手。でもね、わたしといっしょにいるときくらい、ちゃんと隠してほしかった。それが最低限の礼儀ってものでしょ。わたしの気持ち、考えたことあるの」

わかっている。成美は悪くない。悪いのは、俺だ。

「死んだ人には、どうやったって勝てないじゃない」

最後に呟《つぶや》くようにそういってから、ぎゅっと口を閉じた。俺はとうとう、彼女一人、幸せにできなかった。

「……ごめん」

ソファに放り投げてあったブリーフケースを持ってきて、中からペンを取った。離婚届の用紙を引き寄せ、自分の欄を確認する。成美の視線を感じながら、俺はペンを走らせ、自分の名を書き込んだ。印鑑も、いつも持ち歩いているものを使った。

「これでいいか」

用紙を押しやった。

成美が、ちらと目をやってから、

「ほんとに……書いちゃったんだね」

顔が白くなっていた。大きな目の周りだけが、うすく赤みがかっている。

いきなり気の抜けた笑いを漏らした。潤んだ目を虚空に向け、あぁあ、とため息を吐く。

「これが、わたしたち夫婦の結末ってことかあ」

俺は、肯《うなず》きはしなかったが、否定もしなかった。待ってくれ。もう一度やりなおそう。やっぱり俺にはおまえが必要なんだ。そういって引き留めれば、まだ間に合うだろうか。間に合うかもしれないし、間に合わないかもしれない。どちらでも同じだ。なぜなら俺は、そんなことをいわないから。

なにもかもが他人事にしか感じられなかった。落ちていく自分を、高いところから眺めているような。助けようともせず、助かろうともせず、落ちるに任せている。諦《あきら》めている。棄《す》てている。そして、ほっとしている。やはり俺は、なにかが欠落した人間なのだろう。

こうして成美は、俺の人生から退場した。結婚して日が浅く、子供もなく、財産も大してなく、どちらかに不貞があったのでもなく、そしてなにより、互いに結婚に執着しなかったので、離婚そのものは、拍子抜けするくらい、あっさりと成立した。

俺は、一人で暮らすには広すぎるマンションを引き払い、もっと会社に近いワンルームに転居した。立地がいいので、家賃はむしろ高くなった。が、そこもすぐに出ることになる。半年もしないうちに、十年近く勤めてきた会社が、消滅することになったからだ。

2

日本を代表する大手証券会社の一つが、とつぜん自主廃業するというニュースは、国内外を駆け巡った。海外では、日本没落の象徴とも見なされた。

社員にとっても一大事であることには違いないが、その反応となると世代によって分かれた。ベテラン社員ほどショックが大きかったらしく、パニック状態になった人もいるようだが、若手の間では、やっぱりね、という声が多かった。

俺も、ほとんど諦めの境地で、この報を受け止めた。出世する人間の第一条件が上司へのゴマすり。社員同士の人間関係もなれ合いに終始。おまけに、これだけ株価が低迷しているのに危機感がゼロ、と来れば、消えるべくして消えた、とするしかないではないか。自業自得。まるで俺だ。

残務整理に数百名が残り、ほかは直ちに再就職の道を探ることになった。同僚たちは、続々と再就職先を決めていった。社長の涙ながらの記者会見が世間の同情を集めたおかげか、はたまた会社の知名度がものをいったのか、求人数はけっして少なくなかった。とくに外資系へは、かなりの社員が流れたらしい。総合職の中高年社員は悲惨だったようだが、専門スキルのある人や、スキルはなくとも三十五歳以下ならば、やる気さえあれば就職口はあったのだ。ただ俺には、そのやる気が、なかった。

とりあえず俺は、家賃を節約する必要に迫られ、安いアパートに移った。気分は意外にも悪くない。しばらくは失業手当もある。一人ならどうでも生きていける。思えば、小学生のころから塾に通い、大学を出ても会社勤めで、常になにかを課せられる毎日だった。月曜日になってもどこへも行かなくていい。なにもしなくていい。そんな状態になったのは、ほとんど三十年ぶりではないか。やっと解放されたのだ。コンビニで手っとり早く食料を調達し、マンガや週刊誌を立ち読みして時間をつぶし、たまにレンタルビデオでAVを借りて性的欲求を散らす。そんな日々に浸っているうちに、時間の感覚さえ曖昧《あいまい》になっていった。

なにを思ったか、ある夜、俺は、まだ解《ほど》いていない荷物の奥からアルマーニのジャケットを引っ張り出した。アルマーニといっても、結婚する前に買ったもので、とうに流行遅れだ。それでもいい。なにを着ようが俺の自由だ。今夜はアルマーニの気分なのだから。

久しぶりに街へ出た。妙に気持ちの高揚した夜だった。足が軽いのが自分でもわかる。

まるで背中に羽が生えたように。気がつくと鼻歌を口ずさんでいる。なんなのだろう。この楽しさは。叫びたくなる解放感は。やけくそのような安らぎは。

景気が低迷しているとはいえ、夜の繁華街に人は多かった。車道には高級車が列をなし、歩道をゆく人たちの表情も暗くない。そんな人々の営みを、ビルの壁を飾る高級ブランドのロゴが見下ろしている。不景気がいつまでも続くはずはない。遠くない時期に日本経済は復活する。そんな根拠のない楽観が辺りに漂っているようだった。いまから思えばそれは、急速に不透明感が高まっていく未来への不安から、ただ目を背けていただけだったのかもしれない。

老舗《しにせ》デパートの前を通り過ぎようとしたとき、足が止まった。とても懐かしいなにかが、目の端を掠《かす》めた気がしたのだ。

振り向いた。

そこに、あの男が、いた。

洒落たジャケットを着て、パンツのポケットに両手を突っ込んだまま、こちらを向いて立っていた。信じられないものを見る目を、じっと俺に注いでいた。

「……叔父さん」

しかし、いつまで待っても、その男が二本指の敬礼をして、

「いよう！」

と笑うことはない。

俺がそこに見たのは、ショーウインドウの大きな鏡に映る自分自身だった。

噴き上げてきた感情が、すべてを押し流した。自分のものとは思えない、けたたましい笑い声が響きわたった。可笑《おか》しくて、苦しくて、死にそうだった。行き交う人々は、俺の存在を努めて無視していく。俺は笑いながらも、そんな光景を冷静に見ていた。

ひとしきり笑ったあと、夜空を仰いだ。真っ黒な空虚に、星は一つもない。いまの俺を見たら、あの人はなんというだろう。

彼を殴った痛みが、いまも拳に残っている。あのとき、なぜ、あんなことをしてしまったのか。

俺はたぶん、叔父を本気で怒らせたかったのだ。そして自分を殴ってほしかったのだ。殴られなければならないのは俺のほうなのだから。俺は、もっと、もっと、罰を受けなければならなかった。骨に響くような痛みをこの身に刻まねばならなかった。あのとき叔父にぶつけた憎しみは、そのまま俺自身に対する憎しみでもあった。なのに叔父は、黙ってすべてを引き受け、姿を消してしまった。

俺はショーウインドウに背を預け、ケータイを開いた。

叔父に会いたい。会わなければならない。そして、ありのままの気持ちを打ち明ける。いまならば腹を割ってなんでも話せそうな気がする。そう、いまならば……。

「哲彦だけど」

『ああ、どうも』

俺と話すときの父の物言いに、どこかよそよそしさが加わったのは、いつからだろう。

『再就職先が決まったのか』

「それは、まだ」

『……そうか』

「探してるんだけどね」

この年になってなお親を落胆させていること、そして、還暦を迎えようとしている親に嘘を吐かなくてはならない状況にあることは、さすがに申し訳ないと感じる。

『まあ、焦らないことだ。そのうち、いいこともある』

父を本心から尊敬できるようになったのは、ようやく最近になってからだ。自分で会社勤めとその倒産を経験し、社会に出て金を稼ぎ続けることがいかに大変か、実感したせいかもしれない。時代が違うといってしまえばそれまでだが、真面目に、真っ当に生きることが、いつの世でもいちばん評価されていいことではないか、と素直に思える。

『しばらく、こっちでゆっくりしたらどうだ』

地元に帰って来いとは、会社が消えた直後にもいわれた。

「もうちょっと、こっちで頑張ってみるよ」

そのときにも、同じ言葉を返した記憶がある。

『そうか。無理するな』

やはり父も同じことをいった。

「それよりさ」

前を通り過ぎる女性が、横目で俺を見た。

「叔父さんの居場所、知ってたら教えてほしいんだけど」

『清治郎の？』

妙な間が空いた。

『知ってどうする？』

「一言、謝りたくて」

『なにを』

「俺の結婚式のときのこと。あのとき俺、ほんというと、叔父さんを殴っちゃったんだよ」

『……気にするな。あいつが悪いんだ』

「とにかく、もう一度会って、話がしたいんだよ。ゆっくりと」

『いまさら、なにを話すつもりだ』

不自然なものを感じた。

父は、俺が叔父と会うのを、歓迎していない。子供のころならいざ知らず、結婚も離婚も失職も経験した、いい大人なのに。

「居場所、知ってるんでしょ？」

そんな気がした。

『知ってるが……』

「だったら教えてよ」

『あいつなら、いま、病院だ』

父が、決まり悪そうに、いった。

『酒で頭をやられてな』

3

「いってることは支離滅裂なので、真に受けちゃダメですよ」

体格のいい男性看護師は、そう念を押してから出ていった。

殺風景な部屋にドアは一つ。窓はない。白い壁を飾るものもなく、目を和ませるとすれば、壁際に置かれた観葉植物の緑くらいだ。広さは六畳ほど。低いテーブルを挟んで、一人がけのソファが四脚。

ノックが聞こえて、ドアが開いた。

さっきの男性看護師に付き添われ、一人の男が入ってくる。俺はあやうく声をあげそうになった。別人ではないのか。そんな思いさえ脳裏を掠めたのは、野暮ったいジャージのせいではない。

まだ四十代のはずなのに、茶色い顔にはしわが深く刻まれ、あれほど艶《つや》やかだった髪は半分以上が白くなり、櫛《くし》も入っていない。髭《ひげ》だけはきれいに剃《そ》ってあるが、そのためにかえって、瘦《こ》けた頰が痛々しい。そこだけは相変わらず睫《まつ》毛《げ》の長い目を、やや伏せ気味にして、看護師に促されるまま、向かいのソファに腰を下ろす。

「なにかあったら、コールボタンを押してくださいね」

看護師が、含めるような口調でいってから、ドアを閉めた。

上原清治郎が、そのときになり初めて、目を上げた。照れくさげに笑みを漏らし、あの二本指の敬礼をして、弾くように一振りする。

「いよう」

声も動きも弱々しいが、目元に浮かんだ快活さは、まぎれもなく上原清治郎のものだった。

「久しぶりだね、叔父さん」

俺は、努めて明るくいった。

「悪いな。哲坊に、こんなところまで来させちまって」

少なくとも、俺がだれなのかは、わかるようだ。

「よかったよ、元気そうで」

それでも、声が硬くなるのは避けられなかった。自分の言葉がどこまで届いているのか、確信が持てない。

「おれは、病気でもなんでもないんだよ。それを兄貴が……」

唐突に言葉を切り、あらゆる関心を失ったような目を、観葉植物に向ける。いまのこの人の目に、世界はどう映っているのか。その眼差《まなざ》しは、なにかを見ているようでもあり、なにも見ていないようでもある。考えごとをしているようでもあり、なにも考えていないようでもある。

ふいに不安に襲われた。

このまま彼の心が遠くへ行ってしまうのではないか。

「ねえ、叔父さん」

いま、自分と上原清治郎を繋《つな》ぐものがあるとすれば、彼の心をここに引き留めておくものがあるとすれば、俺たちが共有する思い出しかない。

「僕が小学生のとき、上級生にいじめられているところを、叔父さんに助けてもらったことがあったでしょ。憶えてる?」

しかし彼は、惚《ほう》けたように口を開けるだけ。

「ほら、僕がズボンを脱がされて泣いてたとき、叔父さんがウルトラマンのお面をかぶって登場したじゃない？　それで、仮面ライダーの変身ポーズをとって『正義のヒーロー、ヒーロー仮面だ！』って名乗ってさ。お面はウルトラマンなのに」

上原清治郎の表情は動かない。

「だったら、あれは？　僕が中学のとき、ストリップ劇場に連れていってくれたことがあったでしょ。男と女の入門編だとかいって。でもショーの途中で警察が入ってきて、叔父さんは大慌てで僕を逃がそうとして、トイレの小さな窓から押し出すみたいに……」

話しているうちに、あのときの高揚が胸によみがえり、泣きたいような気持ちになってくる。

「……夜の通りを全力疾走して、息切らせながら大笑いして、あのときは、ほんと、最高に楽しかったよ。ねえ、叔父さん、楽しかったよね？」

上原清治郎の病気については、幻覚と記憶障害をともなう精神疾患、という以外には聞いていない。父が医師から説明を受けているはずだが、俺が尋ねても、酒の飲み過ぎだ、としか答えなかった。医師がほんとうにそういったのか、父が勝手に思い込んでいるだけなのか、実際のところはわからない。

「だったら……僕の結婚披露宴のときのことは？」

ほんの四年前だ。じつは、あの当時の上原清治郎にはすでに、アルコール依存症の兆候が出ていたのだという。披露宴に招待することを父が渋ったのも、それを危惧《きぐ》していたからだ。父の心配は、見事に的中してしまったわけだが。

「大勢のお客さんの前で、ストリップ劇場に行ったことをばらしたでしょ。僕、恥ずかしいったらなかったよ。それだけじゃなくて……」

霧江さんとの記憶に胸が詰まる。

「……でも僕、もう怒ってないよ。というより、ほんというと、叔父さんに謝りたかったんだ、ずっと。あのとき、『人間のクズ』なんて酷《ひど》いこといって、殴っちゃったよね。でも叔父さんは、一言もいい返さなかった。叔父さんに悪気がなかったのは、わかってたよ。わかってたけど、自分を抑えられなくて……そう、悪いのは僕だった。叔父さんはなにも悪くなかった。ごめん、ほんとに」

俺は頭を下げた。それでも上原清治郎の表情には、波一つ立たない。あると確信していた絆《きずな》が、次々と断ち切られていくようだった。

「きょうの哲坊は、難しいことばっかりしゃべるな。頭が痛くなりそうだ」

ほんとうに頭痛がしているみたいに、顔をしかめた。でも少なくとも、俺のことはわかっている。憶えてくれている。ならば……。

「……霧江さんのことは、どう」

おそるおそるその名を出した瞬間、目元に感情が弾けた。

「そうだよ。霧江さんのこと。いっしょに暮らしてた女の人」

「ああ……霧江、霧江か」

懐かしそうに目を細める。

「わかるんだね」

長い沈黙のあと、上原清治郎が掠《かす》れた声でいった。

「かわいそうな女、だったよ」

いま彼の脳裏には、霧江さんとの記憶が駆け巡っているのだろうか。俺の知らない、上原清治郎と、斉藤霧江の、二人だけの思い出が。

俺は、いまに至るまで、霧江さんの過去について、ほとんど知らされていない。彼女と交わした言葉の端々から、かろうじて見当がついているのは、秋田県で生まれたこと、子供のころ家が荒れていたこと、中学卒業後に家を飛び出して上京したこと、そこで上原清治郎と出会ったこと。そのくらいだ。東京でどんな仕事をして、どんな暮らしをして、叔父とどんな出会い方をしたのかは、わからない。

『霧江がおまえにいえなかったことを、おれの口からいうわけにはいかねえ』

それでもいつかは、叔父に聞いてみたい、と漠然と思っていた。もしかしたら、きょう、その機会が訪れているのだろうか。ここで、

「霧江さんって、どんな人だったの」

と尋ねれば、いまの叔父ならば、答えてくれるかもしれない。だが俺は、それを口にすることには抵抗を感じた。この状況につけ込んで、本来なら話すべきでない話を聞き出すのは、人間としてやっちゃいけないことなんじゃないか。それをやったら、俺はもう顔向けできなくなる。叔父にも、霧江さんにも。

耳の奥にまだ残っている。あのとき彼女が、服も着けずに布団の上に座り、うつむいて涙を流しながら、口から零《こぼ》した言葉。

『あたし、ダメな女ね』

大人の女性が泣くのを目の当たりにするのは、それが初めてだった。理由を聞いても、悲しそうに微笑《ほほえ》むだけ。そのとき俺は、未熟なりに察したのだ。人間には、他人が安易に踏み込んではいけない領域がある、と。

叔父がかつていったとおり、俺はこれ以上、霧江さんの過去に立ち入ってはいけないのかもしれない。霧江さんが俺に残してくれた、残そうとしてくれた思い出を、大切にして未来を生きていく。それが、いまの俺が霧江さんのためにできる、たった一つのことなのだとすれば――。

そのときだった。

上原清治郎が、妙に楽しげな口調で、こういったのだ。

「いまごろ、どうしてるかなあ」

「え……だれが」

「だれって、霧江さ」

「いや……だって霧江さんはもう、病気で亡くなったんじゃ――」

「バカなことをいうなぃ！」

とたんに笑い飛ばされた。

「霧江は、サラリーマンやってるつまらねえ男といっしょになって、いまじゃ三人の子持ちだよ。上の子が、そろそろ中学生になるころじゃねえかなあ」

飛び上がりそうになった。

「それ、ほんとっ？」

「おれが嘘いってどうする。ほんとだよ」

言葉を失った。

どういうことだ。てっきり俺は霧江さんが死んだものと思っていた。叔父からそう告げられたからだ。俺は叔父の言葉をまったく疑わなかった。そんなこと考えもしなかった。でも、いま叔父のいったことが事実だとすれば、霧江さんは生きている。生きていれば、また会うことができる。いまさら再会するとなれば、互いに気恥ずかしい思いをすることになるかもしれない。それでも直《じか》に言葉を交わすことができる。昔のことを笑いながら話すことだってできる。こんなに嬉しいことがあるだろうか。自分の顔に広がっていく笑みが手に取るようだった。

しかし次の瞬間、背中に氷の触れる思いがした。

『真に受けちゃダメですよ』

膨れ上がった感情が、一気に萎《しぼ》んでいく。

(……そうだった)

いまの彼の口から出てくるのは、ほとんどが根拠のない妄想だ。霧江さんのことを聞き出すなんて、端《はな》から無理な話だったのだ。

しかし俺はまだ、その可能性を棄てきれなかった。たったいま叔父が口走ったことこそ真実でないと断言できるのか。霧江さんが生きていることもあり得るのではないか。

「それなりに幸せにやってるみたいだぜ。平凡でつまらねえ男でもさ」

激しい怒りが視界を染めた。ほとんど憎しみに近かった。肩を揺すり、いまいったことは本当なのかと問い詰めたかった。

俺は奥歯を嚙《か》みしめ、顔を伏せる。

「どうしたぃ、哲坊。腹でも痛いのか」

俺の気持ちになど、まったく構う様子がない。だが彼の声音には、どこか懐かしい響きがあった。俺は、その懐かしさに誘われるように、顔を上げた。

あ、と声が漏れた。

同じだった。いま俺に注がれている瞳《ひとみ》は、あの空き地で頭をごしごしと撫でてくれたときの優しい目、そのものだった。

『なんだ。そんなことで泣いてたのか』

二つの眼差しが、二十数年の歳月を越えて、重なっていく。身体から、余計な力みが、抜けていく。

「叔父さん、あのさ……」

「ああ」

「……俺も、霧江さんに、会えるかな」

ごく自然に、その言葉が出た。照れも、後ろめたさもなく。

「もちろん会えるさ」

「俺が会いにいっても、霧江さん、喜んでくれるかな」

「そりゃあ喜ぶに決まってる。あれでも、けっこう気にしてたみたいだからな。哲坊のことをさ」

「僕のことを？　ほんとに？」

「ああ。そんときは、おれも誘ってくれよ。三人で昔話して盛り上がろうぜ。バカばっかりやってたころの話を、たっぷりさ」

叔父の顔は、幸福に輝いている。

「そうだよね。霧江さんは、いまも生きてるんだもんね。平凡でつまらない旦那《だんな》さんと、かわいい子供たちに囲まれて、元気で、楽しく、やってるんだもんね」

なぜだろう。俺までも満ち足りた気分になっていく。胸が熱くなり、その熱がこみ上げてくる。本当に、この世界のどこかで、霧江さんが幸せに暮らしている。そんな気が……いや、俺はもう確信した。霧江さんは生きているのだ。生きていないわけがない。ふたたび会える日は来る。必ず。

「さてと」

叔父が、話を断ち切るように腰を上げた。

「どこ行くの？」

「そろそろ時間だ。もどるよ」

「え、もう？」

「ここ、時間には厳しいんだ」

ドアに向かおうとしたところで、足を止め、振り返る。

「あのな、哲坊」

低い声でいってから、俺をじっと見つめる。一瞬たじろぐほど重く、深い眼差しだった。

そして、一つ一つの言葉を両手で俺に手渡すように、いった。

「おれのようには、なるなよ、絶対に」

最後に、力ない笑みを浮かべ、二本指の敬礼をして、ドアの向こうに消えた。

ドアが閉まっても、俺は動けなかった。

全身に汗がにじんできた。

(まさか……)

ほんとうは叔父は、病気でもなんでもないんじゃないか。父も、ここの医師や看護師も、誤解しているだけではないのか。

(もし叔父が正気だとしたら……)

立ち上がった。

(さっきの霧江さんの話も、やっぱり妄想なんかじゃなくて——)

ドアが開いた。

「ああ、まだこちらでしたか」

男性看護師が、にこやかな顔で入ってくる。

「お疲れになったんじゃないですか。話を合わせるのが大変で」

俺は言葉にするのももどかしい思いで、

「そのことなんですが、叔父はほんとうに——」

しかし看護師は、俺の声が耳に入らないのか、

「あ、それから」

と遮った。真顔になり、

「彼から、テツボウって呼ばれませんでしたか」

「……え、ええ」

「ああ、やっぱり」

「やっぱり?」

「最初にお伝えしておけばよかったですねえ」

申し訳なさそうに目尻を下げる。

「彼は、だれが面会に来ても、相手のことを親しげにそう呼ぶんですよ。テツボウってね」

4

俺は自分のアパートに帰ってから、静まりかえった部屋で缶ビールを開け、このときの叔父とのやりとりを辿《たど》りなおした。

叔父は、やはり病気なのだろうか。面会室で口にした内容は荒唐無稽《こうとうむけい》で、根拠もなにもなかったのだろうか。

しかし人は、いくら精神を病んだからといって、自分以外の何者かになれるものではない。一見して別人格に変わったように思えるときでも、単にそれまで表に出てこなかったもの、心の奥底に押し込められていたものが、外から見えるようになっただけではないのか。そんな気がする。

叔父が俺とのエピソードを思い出せなかったのも、もしかしたら、思い出したくなかっただけかもしれない。それを思い出すことが、叔父にとって耐え難い苦痛だったのかもしれない。思い出は、ときに残酷だ。現在の苦しみを束《つか》の間《ま》忘れさせてはくれるが、現実へともどる瞬間に苦しみの再確認を強いてくる。思い出が美しければ美しいほど、そこから離れるときに大きな痛みを伴う。苦しみを永遠に忘れていたければ、現実にもどってくることを拒絶するしかない。

だからだろうか。だから叔父は、現実の思い出からは目を背け、霧江さんがいまでも生きているという妄想、というか願望に浸りきっているのだろうか。霧江さんが死んでしまったという事実があまりにつらいから。とすれば、いまの叔父は幸せの中にいるというべきかもしれない。

では、最後のあの言葉はなんだったのだろう。

『おれのようには、なるなよ、絶対に』

自分のような生き方はするな。こんなふうに落ちぶれるな。そういう意味だったと想像はつく。でも、なぜ最後にあんなことをいったのか。

そのとき俺は、缶ビールのロゴを眺めながら、思い出したのだった。結婚披露宴に乱入してきた叔父が、強引にマイクの前に立って話したことを。

『哲彦くんは、こともあろうに、大きくなったら叔父さんみたいに、つまり、この私みたいになりたい、そういってくれたのです』

正直にいうと、あのときの俺は、自分が子供のころにそういったことをすっかり忘れていた。しかし叔父は憶えていた。俺が無邪気に口にしたその言葉を、叔父はずっと宝物のように――。

「オーケー。わかったよ、叔父さん」

俺は、缶に向かってつぶやいた。残っているビールを飲み干した。そしてまず、流行遅れのアルマーニを処分することから始めた。

＊

父からその電話がかかってきたのは、四カ月ほど経ったころだった。

『清治郎がそっちに行ってないか』

「来てないけど。え、叔父さん、入院してるんじゃないの」

『退院した。一週間くらい前に』

「じゃあ治ったんだ」

『いちおうは、な』

「昔のこともちゃんと思い出した？」

『ああ』

よかった、と心から思った。そして無性に会いたいと。もう一度会って、殴ったことを謝りたい。霧江さんのことをちゃんと聞きたい。いまの自分のことを話したい。

「で、叔父さん、いまどこにいるの」

『それが、わからん』

苛立《いらだ》った声が返ってきた。

「……どういうこと」

『まったく、あのバカ』

父からは、それきり言葉が出てこなかった。

第十章　時間

緩和ケア病棟の廊下は、広くて天井も高く、多用されている木材が温かみを感じさせるが、そこを歩く猪口千夏の足は重かった。

『大した生命力です』

担当医師の、なかば呆《あき》れた声が、頭の中に反響する。

『持ち直したのは奇跡といっていいでしょう。ただし、今回はこれで収まりましたが、次が来たらアウトですよ。残り時間はあまりないと思ったほうがいいでしょうね』

ＭＳＷの手がけた仕事が、じゅうぶんな達成感をもって終われることは少ない。たいていは現実という壁にぶつかり、クライアントにとって最善の選択どころか、最悪の結末を回避できれば御の字、としなければならないのが現状だ。

そういう意味では、佐々木小次郎のケースは上出来といってもいいくらいだった。これは日頃《ひごろ》から各機関との連携を緊密にしてきたことも大きいのだが、生活保護をスムーズに受給することができたし、たまたま空きのあった緩和ケア病棟にも入ることができた。沢野の言い草ではないが、療養環境としてはこれ以上のものは提供できない。ＭＳＷとしてやるべきことをやった、としても罰は当たらない。

にもかかわらず千夏は、胸の奥にこびりついた無力感をどうしても拭《ぬぐ》えなかった。今回のケースもこのまま時間切れを迎えるのだろうか。やり切れないものを抱えたまま、お別れすることになるのだろうか。そんな思いだけが脳裏を巡る。至らないところにばかり目が行くのは悪い癖だとわかっているが、自分にとっては多くのクライアントの一人に過ぎなくとも、彼にとってはたった一度の人生を生き、それを終えようとしているのだ。しなくても済む後悔ならばしてほしくない。少しでも満たされた状態でこの世を去ってほしい。それとも彼はほんとうにこれで満足なのか。心残りはないのか。

緩和ケア病棟には個室と二人部屋を合わせて二十五の病床がある。病院の規模を考えれば充実しているほうだ。佐々木小次郎は二人部屋に入っている。千夏は、仕切りのカーテンを小さく開け、そっと中をうかがった。眠っているのであれば起こしてはいけない。しかし、ベッドに横たわる彼を見るや、息を呑《の》んで立ちすくんでしまった。

彼は目を開け、虚空の一点を見つめていた。その瞳《ひとみ》には、冷ややかな凄《すご》みのようなものが宿っている。こんな目をすることもあるのだと、千夏は厳粛な気持ちになり、自然に背筋が伸びた。

彼が瞬きを一つして、こちらを向く。

千夏は、カーテンを閉めてベッド脇まで歩み寄り、丸椅子《まるいす》を引いて腰を下ろした。

「ご気分は、いかがですか」

「夢を見たよ」

喉《のど》に引っかかってから出てくるような声だった。表情は不自然なほど変わらない。むしろ落ち着いて見える。

「夢を？」

「霧江に会った」

「霧江……ひょっとして、同棲《どうせい》していたという女性ですか」

「迎えに来てくれたのかと思ったら、そうじゃねえんだってさ。まだ連れていってくれないんだと。冷てえよな」

力ない笑みを漏らす。

千夏はその笑みを受け止めて、

「でも、会えてよかったですね、霧江さんに」

「ああ」

彼の視線が、遠く彼方《かなた》へ飛ぶ。その先に、霧江という名の女性が見えるのだろうか。それにしては、彼が纏《まと》っている凍てつくようなもの寂しさは尋常ではない。もしかしたら、彼の目が捉《とら》えているのは、一人の女性の姿などではなく、その向こうに口を開けている、死という暗く巨大な空虚かもしれない。いま彼は、たった一人で、これから自分が落ちていこうとするその空虚と対峙《たいじ》している。夢の中でだれに会おうと、底知れぬ孤独は埋めようがない。そんな彼に対して、我々になにができるというのか。なにが……。

千夏は大きく息を吸い込んだ。

よし、と覚悟を決めた。

ＭＳＷの職域を逸脱することになるかもしれないが、彼をこのまま逝かせるわけにはいかない。やれることはまだ残っている。

「小次郎さん」

彼がわずかに目を見ひらいた。

「なんだよ先生、おっかない顔して」

「会いたいんでしょ」

彼の目がじっと千夏に注がれる。

「お兄さんや、甥《おい》っ子さんに。会って話がしたいんでしょ。話したいことがあるんでしょ。だったらそういってください。わたしたち、そのために力を尽くしますから。そのために、わたしたちがここにいるんですから」

反応はない。

「最後くらい、素直になってください」

なおも沈黙が続く。

千夏を見つめたまま、瞬きを繰り返す。

まだ言葉は出てこない。

千夏は待った。

ひたすら待った。

いまは待つことしかできない。

唇が、ひく、と震えた。

ゆっくりと、口が、開く。

「なあ、先生……」

泣き崩れる寸前のような、か細い声だった。

「はい」

「……兄貴と哲坊、来てくれるかな」

千夏はこのとき初めて、飾りも気負いもない、彼の生身の姿に触れた気がした。死の不安と孤独に圧《お》し潰《つぶ》されそうになっている一人の男。すがるものを必死に求めている一人の人間。

「来てくれますよ、きっと」

「ほんとに、そう思うかい」

千夏は深くうなずいた。

「いざとなったら、わたしが力ずくでも連れてきてあげます」

彼の顔に切なげな微笑が浮かぶ。

「ほんとだな、先生」

「教えてください。連絡先を。そして、あなたの本当の名前を」

第十一章　帰郷

私は長い物思いから覚めた。

窓の向こうを、色づきはじめた小山や、うっすらと緑がかった田んぼや、大小さまざまな形の建物が飛び去っていく。一瞬、自分がなぜ新幹線に乗っているのか、わからなかった。シートから伝わってくる振動に身を任せるうちに、いつしか意識がこの場所を離れ、遠い記憶の奥深くにまで入り込んでしまったらしい。

「なにを考えてた」

「うん？」

「ずっと、ぼんやりしてたな」

通路側の席には父が座っている。背広姿を見るのは久しぶりだった。座席のテーブルには駅で買った弁当。まだ半分以上残っているのに、すでに箸《はし》を納めている。父も老いた。それはそうだ。子どものころから熱心に私を教育し、叱《しか》り、あるときには大きな壁となって立ちはだかり、またあるときには私を張り倒しさえした父も、すでに七十代半ばだ。その人生は日々終わりへと向かっている。身体《からだ》も萎《しぼ》んでしまった。もう私を張り倒すことはないだろう。そういう私自身も四十七歳。けっして若くはない。

「思い出してたんだよ。叔父さんのことを。いろいろあったなって」

「ああ。いろいろあった」

「過ぎてしまえばあっという間だけど」

私が連絡を受けたのは五日前だ。電話口の父は、淡々とした口調で、清治郎の消息がわかった、といった。

『ホームレスになっとった』

しかし私があらためて病院に電話して確認したところでは、叔父は厳密な意味での路上生活者ではなく、一泊八百円の簡易宿泊所に寝泊まりしていたという。その日、叔父は炊き出しを待つ列に並んでいて、急に意識を失って昏倒《こんとう》し、病院に搬送された。エコーとCT検査の結果、肝臓全体に癌《がん》の病巣が散らばっており、手術も不可能であることが判明していた。本人にはすでに告知されているとのことだが、余命宣告された叔父がどのような反応を示したのかは、わかっていない。

叔父は、入院当初、自分の名をいおうとしなかったという。本人は忘れたといっていたが、おそらくいいたくなかったのだろう、というのが病院の医療ソーシャルワーカーの見立てだ。なんども言葉を交わすうちに心を許し、ようやく自分の名前と、兄、つまり私の父の連絡先を伝えた。そのきっかけとなったのが、私の名前だったようだ。叔父が寝言で私の名前をつぶやき、なにかを謝っていた。そのことを本人に告げたときから、態度に変化が現れたという。それを知らされた私はうろたえた。重大な忘れ物をしていたことに今更ながら気づかされた気分だった。気づいたところで、その忘れ物を取りにもどることはできないのだ。

いま私は父と二人、死の床にある上原清治郎のもとへ向かっている。当初は父が一人で行くはずだったが、体力的に自信がないというので、私に同行を求めてきたのだった。ただ、体力云々《うんぬん》というのは口実だろう。それなら同行するのは母でもよかったはずだからだ。年齢を重ねてもすこぶる強健な母は、旧友と連れだって旅行することを最近のいちばんの楽しみにしていて、去年は韓国に三回も行ったくらいなのだ。たぶん父は、私を叔父に会わせようとしている。これが最後の機会になるだろうから。もちろん私にも、叔父に会いたいという気持ちはあった。病院のソーシャルワーカーの話では、叔父も私に会いたがっているという。

私が前回叔父に会ったのは十六年前になる。精神科病棟に入院している叔父を見舞ったときだ。あのときの叔父の精神状態は正常ではなく、かろうじて会話は成り立ったものの、きちんと意思疎通ができたのか、というといまでも自信がない。私が見舞いに訪れたことすら憶《おぼ》えていないかもしれない。それでも治療が奏功したらしく、四カ月後には退院している。ところが直後になぜか失踪《しっそう》してしまい、音信不通となって現在に至る。

その間、私にも転機が訪れていた。証券会社時代の上司が立ち上げたネット銀行に誘われたのだ。当時は、店舗を持たずネット上だけで取引する銀行はまだ珍しく、将来性は不透明だったが、私はそこに新たな職を得て、がむしゃらに働いた。さいわい、国内のネット環境が整備されるにつれて会社の業績も順調に伸びていった。さらに私は仕事を通じて知り合った女性と再婚もし、いまでは九歳の息子をもつ身だ。父親となった私は、自分の息子への言動の中に、かつての父のそれを見つけては、戸惑ったり苦笑したりする日々を送っている。私は、叔父のようにはなれなかったのだ。

隣の父をそっと窺《うかが》った。目をつむり、口をへの字に閉じたまま、腕組みをしている。眠っているのではない。なにかを堪え忍ぶように、眉間《みけん》に深くしわを刻んでいる。その胸中に去来するものはなんなのか。母から聞いたところでは、精神科病棟を退院した叔父が失踪したとき、声をかけるのが躊躇《ためら》われるほど憔悴《しょうすい》したらしい。そして、一週間ほどしてから、ぽつりとこう漏らしたという。

『あいつのことは、もう死んだものとする』

だが、十六年ぶりに叔父の消息が舞い込んだとき、父は迷わなかった。たった一人の弟のもとへ駆けつけることを。

「ねえ、父さん」

「ああ」

父が目を閉じたまま応《こた》える。

「あれ、憶えてるかな。俺が小学校の三年のときだったと思うけど、外で叔父さんに会って、ウルトラマンのお面をもらってきたことがあったでしょ」

返事はない。記憶を探っているのか。

「父さんは、叔父さんのことになると、すごく機嫌が悪くなったよね」

「そうだろうな」

「あの一週間くらい後に、夜中に叔父さんがうちに来た。それで、なにかを話し合っていたみたいだけど、そのうちに父さんが怒鳴って、母さんが泣いて、叔父さんが出ていった。あの夜、なにがあったの」

父が、ふっと息を抜いて目をあけた。

「よく憶えてるな、そんな昔のことを。起きてたのか」

「目が覚めたんだよ」

「たいしたことじゃない。あいつが金を借りに来たんだ」

「父さんに借金を」

「毎度のことだった」

しかし、そういいつつ吐いたため息は、けっして重くはなかった。

「そう。あいつは、ずっとあんなふうだった。最後まで直らなかったな」

「昔から？」

「昔からだ。あいつは、中学を出ても高校には行かず、せっかく就職した工場も一カ月で辞めた。辞めてなにをするかと思ったら、ボクサーになるのだといってジムに通いだした」

　初耳だった。

「すごい、というか、意外だな。叔父さん、ボクシングやってたんだ」

「なにがすごいか。十日と持たずに音をあげたよ」

　思わず吹いた。

　父も小さく笑いを漏らした。

「その後も、あいつはまったく懲りんかったなあ。怪しげな健康食品の販売に入れ込んだり、中古の軽トラを買って便利屋のようなことを始めたり。いろんなもんに手を出したが、どれもこれも長続きしなかった。真っ当に働けといくら諭しても、あいつはぜんぜん耳を貸さん。あいつの頭には一発当てることしかなかった。見るに見かねて、取引先に頼み込んで就職口を世話してやったこともあるが、ろくに仕事もしないうちに辞めやがって、おれの顔に泥を塗っただけだ。それなのに、また新しい事業を始めたいからと臆面《おくめん》もなく金を借りに来たんだ、あの夜」

「それで怒鳴りつけて追い返した。無理ないね」

「こんどこそうまくいくからと。ばかばかしい。うまくいくわけがない」

そういう父の表情は、愛《いと》おしむように柔らかい。

「子供のときは、どんな子だったの、叔父さんは」

「たしかに、クラスでは人気者だったらしいな。勉強はしないくせに、やたらと調子が良くて、女の子にも照れずにやさしくできたから、ずいぶんもてていたよ。そこだけは、ちょっと羨《うらや》ましかったな」

「父さんでも、そんなこと思うんだ」

「……あいつみたいになりたいって気持ちが、心のどこかにあったのかもな」

「叔父さんには、そういうところ、あるよね」

新幹線を降りてからはタクシーを使った。駅周辺はここ十年ばかりのあいだに開発されたようだが、少し走ると昭和の気配の濃い町並みが残っていた。運転の乱暴なタクシーで、カーブでもスピードを落とさなかったので、病院に到着するころには少し気分が悪くなった。

正面玄関を入ると、病院ならではの光景が広がっていた。総合受付の広いスペースにはベンチ式の椅子がずらりと並び、順番待ちの外来患者やその付き添いで半分くらい埋まっていた。その周りを、パジャマ姿で点滴台を押す人、白衣を着た看護師や医師、患者を乗せた車椅子が、当たり前のように行き交っていた。

私たちは、入ってすぐの総合案内で医療相談室の場所を教えてもらった。病院に来たら、ここに顔を出すことになっていた。ドアをノックすると、白衣を着た女性が迎えてくれた。それが医療ソーシャルワーカーの猪口千夏さんだった。彼女とはなんどか電話で話しているが、声や受け答えから想像していたとおりの人だった。小柄で引き締まっていて、いかにもフットワークが軽そうだ。私が自己紹介をしてこの度の礼をいうと、私の頭からつま先まで感慨深げな視線を走らせた。

「あなたが、哲坊さんなんですね」

その呼び名を耳にしたとたん、深いところをくすぐられた気分になった。

「たしかに、叔父からはそう呼ばれていましたが」

「清治郎さんから、いろいろと伺ってますよ」

猪口さんが意味深な笑みを浮かべた。

「では、ご案内します」

叔父の病状については、電話で一通りの説明は受けている。要するに、いつなにがあってもおかしくない。だから当然このときも、病室に向かうものと思っていた。そこで、骨と皮だけになってベッドに横たわる叔父と対面することになると覚悟していたのだ。ところが、

「どうぞ、こちらです」

と案内されたのは、すぐ隣の部屋だった。ドアのプレートには〈面接室〉とある。まさに、こぢんまりという形容がぴったりだが、窓が大きいせいか、不思議なほど圧迫感がない。中央の無垢材《むくざい》のテーブルには椅子が二脚。ドアとは反対側に並べてある。そのほかに折り畳まれたものが四脚、壁に重ねて立てかけてあった。

「こちらにおかけになってお待ちください。いまお連れしますので」

「あの」

出ていこうとする猪口さんに、私は声をかけた。

「叔父が、ここに、来るんですか」

「そうですよ」

「かなり状態が悪いと聞いていたので、寝たきりだと思っていたのですが」

「小次郎さ、じゃなかったですね。失礼しました。清治郎さんが、ここでお会いになることを望まれたんです」

「大丈夫なんですか」

猪口さんが、きゅっと口元を結んでから、

「正直申し上げて、清治郎さんの病状を考えると、病室でお会いいただいたほうが良かったのですが、ご本人がどうしてもとおっしゃるので」

私は父と顔を見合わせた。

「久しぶりに会うお兄さんと甥っ子さんには、弱ったところを見せたくないのかもしれませんね」

「この期に及んで、なにを考えてるのか」

父が腹立たしげに漏らした。だが私には、なんとなく叔父の気持ちがわかる気がした。思ったより待たされた。なまじ時間ができたせいで、つい余計なことを考えてしまう。なんといっても十六年ぶりなのだ。どんな顔で迎えればいいのか。叔父はなにをいうのか。これからこの部屋でなにが起こるのか。緊張が増してくる。

ドアがノックされた。私より先に父が、はい、と応えた。ドアが開いて車椅子が入ってくる。押しているのはマスクをした男性看護師。猪口さんは傍らの点滴台に手を添えている。そして。

「いようっ！」

とつぜんその声が響きわたった。車椅子に乗った上原清治郎が、あの二本指の敬礼をして、弾《はじ》くように振った。浅黒い皮膚は嫌な黄色みを帯び、目元は土色に落ち窪《くぼ》んでいたが、私が恐れたほど痩《や》せ衰えてはいない。顔に浮かぶ芝居がかった笑みは昔のままだ。

私と父が呆気《あっけ》にとられる中、叔父は車椅子のままテーブルに着いた。男性看護師が車椅子の車輪をロックし、点滴の状態を確認してから、猪口さんや叔父と短く言葉を交わし、

私たちにも挨拶《あいさつ》をして出ていった。猪口さんも、叔父を不安げに一瞥《いちべつ》したものの、

「わたしはさっきの部屋にいますから、なにかあったら呼んでください」

と笑顔で部屋を去った。

面接室には私たち三人が残された。あらためて叔父と向き合う。左の手首には包帯が分厚く巻かれ、そこから伸びるチューブは点滴台に設置された箱型の機器を経由して、無色透明な液体の袋につながっている。叔父の顔にはまだ笑みの残像が濃い。しかし目はもう笑っていなかった。表面の筋肉だけで懸命に笑顔を保っている感じだ。

「哲坊、久しぶりだな」

声も思ったよりしっかりしている。

「うん。そうだね」

「ちょっと見ねえあいだに貫禄《かんろく》ついたな。いくつになった」

「四十七だよ」

「そんなになるか。あの哲坊がな」

会話が途切れた。なにを話せばいいのかわからなかった。考えようとしても思考が働かない。

思いがけない静寂の中でも、叔父は芝居がかった笑みを崩さず、父に目を向ける。

父も叔父を見る。

視線が重なった瞬間から、二人とも固まって動かなくなった。そのまま何秒も過ぎた。二人の間の空気まで固まってしまったようだった。

そのとき、父の目から涙が一つ、流れ星のように落ちた。同じ頬《ほお》の上を、また一つ落ちた。それを見ている叔父の笑みが、少しずつ引いていった。

「この、馬鹿野郎が……」

食いしばるように放った言葉に、父の気持ちのすべてが詰まっていた。叔父はもう笑わなかった。睫毛《まつげ》の長い目が潤んでいく。深い光を湛《たた》えていく。それがあふれると同時に、幼子みたいな声でいった。

「ごめん、兄貴……」

父が、小さくうなずいた。叔父も、それ以上はなにもいわなかった。父が、鼻をすりながら手のひらで顔をこすった。立ち上がった。

「どこ行くの」

「トイレだ」

怒ったように答えて、出ていった。一人で叔父と向き合うことになった私は、据わりの悪さを感じずにはいられなかった。叔父と甥という間柄は、血を分けた兄弟のようにはいかない。十六年という時の流れによって穿《うが》たれた溝は、思った以上に深い。無邪気に振る舞うには、私は年を取りすぎていた。多くのことを経験しすぎていた。大人になりすぎていた。

「父さんが泣くの、初めて見たよ。それと叔父さんも」

我ながら、ぎごちない物言いだった。

上原清治郎が、照れくさそうに目元を拭う。

「しょうがねえんだよ。年をとると涙もろくなるっていうだろ」

話すべきことはたくさんあった。まずあの結婚披露宴のときに殴ってしまったことを謝らなければならない。その結婚が失敗に終わったこと。勤めていた会社が倒産したこと。再就職したこと。再婚して子供が生まれたこと。聞きたいことも多い。前回入院していたときに私が見舞いに行ったことは覚えているのか。退院後、なぜ失踪したのか。この十六年間、どこでどうやって暮らしてきたのか。そしていま、なにを思っているのか。

だが私は、そんなことはもうどうでもいい、と感じはじめていた。上原清治郎の老いて病んだ姿とこうして向き合っている。その圧倒的な現在の前には、いかなる過去も無意味に思えたのだ。

たった一つ、あのことを除いて。

彼も同じ思いだったのだろう。

「なあ、哲坊」

「うん」

「霧江のこと、覚えてるか」

「忘れるわけがないよ」

「そうか。覚えてくれたか」

目元に切なげな笑みが浮かぶ。

私も微笑《ほほえ》み返した。

しかし私にはわかっていた。上原清治郎にとっての斉藤霧江と、私にとっての斉藤霧江は、まったく別の存在であると。私の抱いている彼女のイメージは、かなりの程度まで美化されてしまっている。上原清治郎の中に住んでいる斉藤霧江こそ、真実の姿に近いはずだ。しかし私は、十六年という時間の中で、それを知りたいという気持ちをすでに失っていた。私にとっての斉藤霧江とは、もはや生身の女性ではない。はるかな過去の世界に映し出された幻影だ。ときおり、ほんの束《つか》の間《ま》、ほろ苦くも温かな感傷に浸らせてくれる。それだけの存在。それでいいのだと思う。私は現在を、そして未来を生きなければならない。

「これからも、霧江のことだけは、忘れないでやってくれ。頼むぜ」

「忘れないさ、一生」

上原清治郎が、安心したように、息を吐いた。この短いやりとりを最後に、上原清治郎との関係にゆっくりと幕が下ろされていくのを、私は諦観《ていかん》の中に感じていた。我々の物語は終わった。

いや、過ぎ去ったのだった。

父がもどってくるまで、私は自分の近況をとりとめもなく話して聞かせた。肩の荷が下りたせいか、自分でも驚くほど饒舌《じょうぜつ》になっていた。ケータイの待ち受け画面に設定してある息子の写真を見せたりもした。上原清治郎は穏やかに目を細めていた。

面会のあと、上原清治郎を地元の病院に転院させたいと、父が病院に申し出た。本人もそれを望んでいた。やはり最後は生まれ育った土地に帰りたいのだ。担当医師には反対された。距離が長いため移送に耐えられる体力がないというのが理由だった。途中で亡くなる可能性もある。しかし父も、叔父も、それでも構わないといった。その旨を記した同意書に署名するという条件で、ようやく医師の了解が得られた。

猪口さんが地元の病院と調整してくれた結果、十日後に転院が叶《かな》った。医師の同乗したドクターカーを使って丸一日をかけ、上原清治郎は転院先の病院に無事に到着した。十六年ぶりの帰郷だった。

最終章　ヒーロー仮面、ふたたび

「あれ、写真が増えてる」

　仏間に入るなり息子の大輝《たいき》がいった。もともと鴨居《かもい》の上には、私にとっては祖父母にあたる二人の遺影が額に入れて飾ってあったが、いまはその二つの横に、上原清治郎のものが加わっている。

　私は再婚して以来、年末には必ず妻と、大輝が生まれてからはもちろん大輝もいっしょに、帰省することにしていた。ちなみにお盆には妻の実家に泊まりがけで出かける。結婚するときに妻の聡子《さとこ》と話し合って、そうすることに決めたのだ。

　家族を連れて帰るのは、叔父が亡くなってからは今回が初めてになる。私にとって懐かしい家に到着して早々、仏前に線香をあげるため、大輝をともなって仏間に入ったのだった。聡子はキッチンで母のおしゃべりに付き合わされているようで、当分解放されそうにない。父は父でちょうど犬を連れて散歩に出ているところだった。

「これ、だれなの」

「おじいちゃんの弟だよ。二カ月くらい前に、病気で亡くなったんだ」

彼の葬式は、私と両親だけでひっそりと行われた。生まれ故郷に帰ったわずか三日後に息を引き取った叔父の、それが望みでもあったからだ。

「若いね」

「若いころの写真だからな」

まだ二十代のときに、おそらくは写真館のような場所で写したものではないか。白いジャケットを着て、やや斜に構え、あの芝居がかった笑みでこちらを見ているところなど、昭和の映画スターのブロマイドを彷彿《ほうふつ》させる。まったくもって、上原清治郎らしい一枚といえた。デジタル処理してあるのだろう。モノクロだが古さを感じさせないほど鮮明だった。

「ふうん」

大輝が、興味深げに見上げている。私も並んで若き日の叔父を見ているうちに、しばらく思い起こすことを避けていた記憶が、このときばかりと躍り出てきた。

いちばん印象に深く残っているのは、やはりなんといっても、あの空き地での出来事だ。上級生にいじめられて絶体絶命のとき、ウルトラマンのお面をかぶって登場して上級生を追い払い、私を救ってくれた。あのときの私にとって、上原清治郎は、正真正銘の正義の味方、ヒーローだった。

『ケガ、なかったか。哲坊』

『え……?』

『なんだ、わかんねえのか。そりゃ冷てえなぁ』

お面を外して、にやりと笑みを浮かべ、気障《きざ》なしぐさで二本指の敬礼。その指を勢いよく弾いて、そして——。

ふいに激しい感情に突き上げられ、私はあやうく声を漏らしそうになった。口をきつく結んで堪《こら》えた。

「かっこいい人だね」

大輝が、男の子らしい声でいった。

「ああ」

私は、懸命に平静を装って応えた。

そして、息子の頭に手を置き、あらためて上原清治郎の笑顔を見上げた。

「かっこいい人だったよ」

本書は2013年2月、ポプラ社より刊行された単行本『いよう！』を改題し、文庫化したものです。

Haruki Bunko
ハルキ文庫

や 18-1

グッバイ マイヒーロー

著者 山田宗樹《やまだむねき》

2022年5月18日第一刷発行

発行者 角川春樹

発行所 株式会社角川春樹事務所
〒102-0074 東京都千代田区九段南2-1-30 イタリア文化会館

電話 03(3263)5247(編集)
03(3263)5881(営業)

印刷・製本 中央精版印刷株式会社

フォーマット・デザイン 芦澤泰偉
表紙イラストレーション 門坂 流

ISBN978-4-7584-4488-0 C0193 ©2022 Yamada Muneki Printed in Japan
http://www.kadokawaharuki.co.jp/ [営業]
fanmail@kadokawaharuki.co.jp [編集] ご意見・ご感想をお寄せください。

篠原悠希の本

親王殿下のパティシエール

華人移民を母に持つフランス生まれのマリー・趙《ちょう》は、ひょんなことから中国・清王朝の皇帝・乾隆帝《けんりゅうてい》の第十七皇子・愛新覚羅《あいしんかくら》永璘《えいりん》お抱えの糕點師《パティシエール》見習いとして北京で働くことに。男性厨師ばかりの清の御膳房で、皇子を取り巻く家庭や宮廷の駆け引きの中、〝瑪《マ》麗《リー》〟はパティシエールとして独り立ちできるのか!?　華やかな宮廷文化と満漢の美食が繰り広げる中華ロマン物語！

ハルキ文庫

女子大生つぐみと古事記の謎

鯨統一郎

大学で古事記を研究する森田つぐみは、ある日、謎の組織に拉致されそうになり、雑誌記者の犬飼に助けられる。おまけに身に覚えのない同級生殺しの容疑者として警察からも追われるはめに。なぜつぐみが狙われるのか。二人は逃走を続けながら、その理由を探る。神武天皇と草薙剣の重大な秘密に迫る、鯨流古代史ミステリー！